響け! ユーフォニアム
北宇治高校吹奏楽部のヒミツの話

武田綾乃

宝島社

目次

おもな登場人物

〈低音パート〉

黄前　久美子　一年生。ユーフォニアム。小学生のころに東京から京都へと引っ越してきた。

加藤　葉月　一年生。チューバ。高校から吹奏楽部に入った。久美子とは同じクラス。

川島　緑輝　一年生。コントラバス。中学時代は超強豪の女子校に通っていた。自分のサファイアという名前が嫌いで、みんなに緑と呼ばせている。久美子とは同じクラス。

後藤　卓也　二年生。チューバ。低音の副パートリーダー。無口だが気配りができる。

長瀬　梨子　二年生。チューバ。卓也と付き合っている。

中川　夏紀　二年生。ユーフォニアム。高校から吹奏楽部に入った。オーディションの結果、B編成の部に出場することになった。

田中　あすか　三年生。ユーフォニアム。低音のパートリーダーで、吹奏楽部の副部長も務める。天才だけど変わり者。

〈トランペットパート〉

高坂　麗奈　一年生。トランペット。久美子とは同じ中学校の吹奏楽部に入っていた。とても演奏が上手く、コンクールでは一年生ながらソロを担当している。

吉川　優子　二年生。トランペット。香織が大好き。夏紀とは犬猿の仲。

中世古　香織　三年生。トランペット。みんなの憧れの先輩。京都府大会ではどちらがソロを吹くかで麗奈と争った。

〈その他〉

塚本　秀一　一年生。トロンボーン。久美子の幼馴染み。

鎧塚　みぞれ　二年生。オーボエ。課題曲ではソロを担当している。

傘木　希美　二年生。フルート。一年生のときに三年生ともめて、一度部活を辞めた。

小笠原　晴香　三年生。バリトンサックス。吹奏楽部の部長。

斎藤　葵　三年生。テナーサックス。京都府大会前に受験を理由に退部した。

滝　昇　北宇治高校吹奏楽部のイケメン顧問。厳しくも愛がある。

響け！　ユーフォニアム

北宇治高校吹奏楽部のヒミツの話

一　北宇治高校吹奏楽部の日常

ユーフォニューム（euphonium）
金管楽器の一種。ピストン・バルブの装備された変ロ調のチューバを指す。低音部が広く、しかもやわらかい音を出すため愛用される。チェロと対応して用いられる場合が多い。

ブリタニカ国際大百科事典

電子辞書を指先でもてあそびながら、久美子《くみこ》は液晶画面をのぞき込んだ。その足元には先端を床に突き立てるようにして、金色の管楽器が置かれている。通称ユーフォと呼ばれるこの金管楽器のフルネームは、ユーフォニアムだったりユーフォニウムだったりとさまざまな説がある。はたしてどちらが正しいのだろう。そうふと疑問に思って辞書を引けば、なんとユーフォニュームと書かれている。まさかの第三候補の登場に、久美子は思わずため息をついた。いったいどれが正解なのだろう。

「休憩時間やのになんで辞書なんていじくってんの？」

不意に視界に影が広がる。振り返ると、葉月《はづき》が少し呆《あき》れたようにこちらをのぞき込んでいた。セーラー服のスカートからのぞく膝小僧が、柔らかに葉月の脚とぶつかった。久美子は音もなく辞書を閉じると、向き合うように彼女のほうへと身体を向ける。

「いや、ユーフォの正式名称が気になって」

「あー、例のUFOな。はいはい」

「だから、UFOじゃなくてユーフォだってば」

そんな言葉を返しながら、久美子は葉月の手に支えられたチューバを一瞥《いちべつ》する。久美子の担当しているユーフォニアムをそのまま拡大したかのようなこの楽器は、金管楽器最大のサイズを誇る。かなりの肺活量を要する楽器のため、初心者である葉月にはなかなかに難しいかもしれない。そんなことを考えながら、久美子は窓の外へと視線をやった。

久美子が進学した京都府立北宇治《きたうじ》高等学校は、かつては吹奏楽部の強豪校だった。関西大会の常連校で、全国大会にも出場したことがある。しかし当時の顧問が別の学校に移ったのを境に弱体化してしまい、ここ十年のあいだは大した結果を残せていなかった。

中学時代から吹奏楽部に入っていた久美子であるが、べつに吹奏楽をやるためにこの高校に進学したというわけではない。そもそも、久美子はこの学校が昔は強豪校であったことなどこれっぽっちも知らなかった。高校生になったらほかの部活に入って、新しいことを始めてもいいかもしれない。そんなふうにも考えていたのだが、同じクラスになった葉月たちの勢いに押され、いつの間にか再び吹奏楽部に入ることになったのだった。

「わー、なんかおもしろそうな話してる！　緑《みどり》も入れてー！」

ずいぶんとけたたましい声で会話に乱入してきたのは、くるんと跳ねる猫っ毛が愛らしい緑輝だった。ちなみに、緑輝と書いてサファイアと読む。彼女は自分の名前が嫌いなため、他人に自身のことを緑と呼ばせている。超強豪校である聖女《せいじょ》中等学園出身の彼女の担当楽器は、バイオリンを何倍にも大きくしたような弦楽器、コントラバスである。

「べつにおもしろくはないけどね？」

久美子が曖昧《あいまい》な微笑を浮かべると、緑輝はコントラバスの弓を片手に、すねるように唇をとがらせた。

「せっかくのパート練習やのに、今日は先輩たちがいはらんくて退屈やねんもん。休憩時間ぐらい一緒にしゃべろうよー」

「先輩らは何か会議やってはるらしいしなー」

緑輝の言葉に同意を示すように、葉月は何度か首を縦に振った。

パート練習とはその名のとおり、パートに分かれて練習することを指す。トランペット、サックス、フルート……など、基本的には担当している楽器ごとにパート分けされるのだが、チューバ、ユーフォ、コントラバスはそれぞれ楽器が異なっているものの、人数が少ないせいか低音パートというひとつのパートとして扱われている。

「それにしても葉月ちゃん。吹き始めてもう三日ぐらい経《た》つけど、楽器には慣れた?」

「いやあ、それがなかなか難しいな。まず、うまいこと出したい音を出せへんし」

緑輝の問いに、葉月が少し照れたように返答する。うっすらと日に焼けた彼女の肌が、ほのかに朱に染まるのが見えた。久美子は床に置かれたチューバへと、視線を投げかける。学校の備品であるチューバはなかなかに年季を感じさせる見た目をしており、その表面にはいくつもの軽いへこみが残っている。

「最初は難しいもん。仕方ないんちゃうかなあ」

そう言って、緑輝はにっこりと笑ってみせる。しかしその答えが葉月は気に入らなかったらしい。彼女の眉間《みけん》にわずかに皺《しわ》が寄る。

「でもさ、久美子とかめっちゃ簡単そうに吹くやんか」

「慣れだよ慣れ。葉月も来週辺りにはスラスラ吹けるようになってるんじゃない?」

「えー、ほんまかなあ」

葉月が胡散《うさん》臭そうにこちらを見た。その指が、銀色のマウスピースを静かに引き抜く。

「だいたいさあ、なんやコイツ。ラッパって普通、息吹き込んだら音出るもんちゃうん? リコーダーみたいにさあ」

「確かに、緑も金管はさっぱり吹けへん。あのブルブルが難しいねんなあ」

「緑も難しいと思うやろ？　やっぱさ、そもそもが難しすぎんのよ」

うんうんとうなずき合う二人に、久美子は思わず苦笑する。

「金管は唇の振動を通じて音を出すから、リコーダーとは全然勝手が違うんだよね。慣れないと音出ないし。私も最初は音出なかったよ」

「ほんま？」

「ほんとほんと」

そう久美子が言葉を発した直後、スライド式の扉が勢いよく開かれた。バシン、と騒々しい音が響く。三人の視線が一気に扉の方向へと注がれた。

「どうやら悩んでるみたいやね！」

そう颯爽《さっそう》と登場したのは、我が低音パートのパートリーダーである田中《たなか》あすかだった。長い黒髪が動きに合わせてさらりと揺れる。赤フレームの眼鏡を指先でクイと持ち上げ、彼女はどこか得意げな顔つきでこちらへと歩み寄ってきた。

「一年生諸君。もし悩みがあればこの田中あすかがなんでも教えてあげますぞ！」

そう誇らしげに宣言し、彼女はずいっと顔を近づけてきた。その距離の近さに、頬が自然と上気する。長い睫毛《まつげ》に縁取られた夜色の瞳。滑らかな白い肌に、艶めいた唇。眼鏡をかけていても、あふれんばかりの彼女の美貌は確かに伝わってくる。

あすかの薄桃色の唇が、大きく動いた。

「もしも聞きたいことがないなら、これからユーフォニアムの楽器の成り立ちを講演してもいいねんけどね、二時間くらい！」

その言葉に、久美子たちは一斉に首を横に振った。吹奏楽オタクのあすかは話し出すと止まらないのだ。

「あー……、二時間はいいです」

葉月がややげんなりした顔で答える。その隣で、緑輝が無邪気に告げた。

「先輩、久美子ちゃんが聞きたいことがあるみたいです」

「えっ、私？」

突然の指名に、久美子は思わず飛び上がった。緑輝があすかには見えないよう、人差し指をこっそりと電子辞書へと向ける。そこでようやく彼女の意図をつかみ、久美子はあすかが口を開く前に慌てて言葉を発した。

「あの、くだらないことかもしれないんですけど、さっき、ユーフォの正式名称ってユーフォニアムなのか、ユーフォニュームなのか、それともユーフォニウムなのか、どれなんだろうって話をしてて……」

「そんなん、発音の問題なんやからなんでもいい！　重要なのはその名前の意味！」

「は、はあ。意味ですか？」

「そう。楽器にはきちんと名前の由来ってもんがあるわけよ。例えばこのユーフォ、」

あすかはそこで床に置きっぱなしの楽器を指差した。金色の表面に、彼女の顔が映る。

「もともとこの楽器の名前はギリシア語のeuphonos、『いい響き』に由来してるって言われてる。その名前のとおり、めっちゃ深い響きやろ？　もう聞けば聞くほどユーフォ最高って感じちゃう？」

「確かにユーフォってすっごい音が響きますもんね」

感心しているのか、緑輝が素直にうなずいている。その隣で、葉月が不思議そうに首をひねった。

「ユーフォがいい響きって意味だったら、チューバはどういう意味があるんです？」

「ん？　あれはラテン語で『管』って意味」

「くだ？」

「えっ、そのまんますぎません？」

緑輝と葉月が思い思いの言葉を口にする。あすかがその口端を吊《つ》り上げた。

「そもそも『チューバ』って言葉がいまのチューバのことを指すようになったのは最近やからね。古代ギリシア・ローマの時代やと青銅製の管楽器の名前としても用いられてたし、その後は『ラッパ』全般を指す言葉として使われるようになった。発明者のモーリツは、ラッパの低音楽器だという意味で『バス・チューバ』と命名したってわけよ」

「ひぇー、先輩詳しいですね」

葉月の台詞《せりふ》に気をよくしたのか、あすかがその目を弧に細める。

「もっと詳しく聞きたいなら語ってあげるけど？」

「あ、それは結構です」

「うわー、葉月ちゃん真顔だー」

緑輝が茶化すように言う。久美子は時計を一瞥すると、それから小さく首をひねった。

「というか、先輩なんでこんなところにいるんですか？　いまって会議の時間じゃ」

その問いに、あすかは軽く肩をすくめてみせた。胸元の白いリボンがちらりと揺れる。

「初心者の一年生がいるパートは三年が教えることになってな。葉月ちゃん、まだまだ吹けへんやろうし、ちょびっと手助けに来たってわけ」

というわけで、と彼女は言葉を続けた。

「休憩時間もそろそろ終わりやし、これから基礎練習に入ります。解説多めになるから経験者の緑ちゃんと久美子ちゃんは退屈に感じるかもしれんけど、まあしっかりやってな」

「はい」

「それじゃ、楽器構えて」

あすかの指示に、三人は慌てて動き出す。久美子は立てかけてあったユーフォニアムを膝に乗せると、それからマウスピースを通じて管のなかに息を吹き込んだ。ピストンに指を乗せ、軽く動かしてみる。

「まずはロングトーンをやります。楽譜どおり一音ずつ上げていってや」

そう言って、あすかが拍子に合わせて手を叩《たた》き始める。白い手のひらが打ち合うたびに、パチパチと乾いた音が響く。

「一、二、三、四、」

久美子は大きく息を吸うと、楽器へ鋭く吹き込んだ。マウスピースに唇を触れさせたまま、細かに振動させる。低音が管を通じてベルから吐き出される。それを八拍ずつ伸ばし、次の音へと移していく。音は徐々に高いものへと変化していき、あまりにも高音になると上手く音を出すことすらできない。限界の音域に達すると、再び音を下げていく。

初心者である葉月は何度か音を外していた。金管楽器はピストンを押すだけでは狙った音は出ない。三本しかないピストンですべての音を区別するのが不可能だからだ。

そのため、同じ指のまま唇の形や息の吹き込み方で違う音を出さなければならなくなる。言葉だけでは簡単に聞こえるのだが、実際にやってみるとこれがなかなか難しいのである。

「先輩――、高いドが何度やってもソになります」

「それは腹筋で支え切れてないからやと思うよ。音伸ばしてみ」

その指示に従い、葉月は素直に音を発する。端々がかすれかかっているのは、彼女がまだ不慣れだからだろう。指導を受ける様子を見守りながら、久美子はそっと目を伏せる。自分が楽器を始めたときも同じようなものだった。思ったとおりに吹けなくて、不機嫌になったことを覚えている。だけどいつの間にか吹けるのが当たり前になっていて、あのときに感じたもどかしさや焦りはずいぶんと遠いものになってしまった。

チューバから吐き出される音が、徐々に安定したものへと変化していく。どっしりとした低音が教室の机をビリビリと震わせた。待っているだけでは退屈なので、久美子は脳内でB♭の音を思い描いてみる。いちばん美しい音。理想的な音はどれか。それに自分の音が少しでも近づくよう、意識しながら吹いてみる。そうすると、ただ音を伸ばすだけのロングトーンも、なかなかに楽しくなってくる。

「オッケー。じゃあ葉月ちゃんも慣れてきたみたいやし、簡単な曲吹いてみようか。

『きらきら星』やろう」

そう言ってあすかがコツンと机を叩く。葉月は目を見開き、それから頬をうっすらと赤らめた。その指先が楽譜ファイルをいそいそとめくり、基礎練習用のページを開く。

「うち、曲吹くの初めてです」

「ずっと音出すのに四苦八苦してたもんね」

緑輝がニコニコと葉月に笑いかけた。久美子は自身の手元にあるファイルへと視線を落としてみる。シンプルなこの楽譜は、北宇治高校で代々基礎練習に使われているものだ。難易度がかなり低いため、演奏に慣れてくると物足りなさを感じる。

「じゃ、三人で合わせんで」

そう言って、あすかの手が再び拍子を刻み始める。彼女の声に合わせ、久美子たちは演奏を始めた。チューバ、ユーフォ、コントラバス。三つの音が重なったり離れたりを繰り返す。あまりの退屈さに欠伸《あくび》が出そうだったが、久美子は楽譜を視線で追い続けた。ゆったりとしたテンポでメロディーが進み、そしてあっという間に終わりを迎える。基礎練習用だけあって、短めに作られているのだ。

「おおー、みんなで吹くのってめっちゃ楽しいね」

吹き終えてから、葉月がやや興奮した様子で言った。その瞳はキラキラと輝いている。

「よかったね、葉月ちゃん」

緑輝が弓を持ったままパチパチと手を打ち鳴らした。小柄な彼女の手は久美子のそれよりずっと華奢《きやしや》な造りをしている。久美子はそっと息を吐き出すと、葉月から思わず視線を逸《そ》らした。

初めての合奏は、自分もあんなふうに感じていたような気がする。小学生のときは吹いているだけで楽しくて、みんなでひとつの音楽を作る、それだけで満足できていた。だけど中学生になって、吹奏楽が楽しいだけのものではないことを知った。

アンタは悔しくないわけ?

脳内で、あの日の友人の台詞が蘇《よみがえ》る。高坂麗奈《こうさかれいな》。彼女のあのまばゆいほどのまっすぐな視線が、久美子の心臓を何度も貫く。瞼《まぶた》の裏に浮かぶ記憶。中学校生活最後のコンクール。懐かしい学校名の横に刻まれた、『金賞』の二文字。

吹奏楽コンクールに詳しくない人には、金賞という言葉がなんとも素晴らしいものに思えるかもしれない。銀賞、銅賞ですら立派なものに聞こえるだろう。しかし、吹奏楽部員たちにとっては、それらの言葉が持つ意味はまったく異なっている。

吹奏楽コンクールでは、それぞれの大会ですべての学校が金、銀、銅の三つに分けられる。次の大会に進めるのは金賞を取った学校のうちの、そのまたひと握りの学校だけでしかない。次の大会へと進めないただの金賞は、ダメ金と呼ばれる。久美子たちが通っていた中学も、全国大会進出を目標に掲げながら結局ダメ金止まりだった。

あのとき、久美子はほっとした。金賞を取れたならまあいいか。そんなことを考えていた。それを見透かしたような麗奈の台詞に、久美子はギクリとさせられたのだ。まるでなじられているように感じて、なんだかひどく息苦しく思ったのをいまでもはっきりと覚えている。

「でも、久美子みたいにスラスラーっていろんな曲吹けたら、めっちゃ楽しいんやろうな」

突如出された自身の名に、久美子はハッとして我に返った。見やると、葉月がうらやましそうな顔をしてこちらを見ている。うん、楽しいよ。そう言いかけて、久美子はしかし口を閉じた。なぜだか声が喉に詰まった。

あすかが唇を弧にゆがめる。

「そのためにはいっぱい練習せんとね。夏にはコンクールもあるし」

「おお！　コンクールですか」

「緑、全国行けるよう頑張ります！」

緑輝がそう言って腕を天に突き上げる。その小動物のようなくりくりとした瞳がこちらへと向けられた。視線と視線が交わる。一瞬、久美子は息を呑《の》んだ。こちらの心情をくみ取ったのか、緑輝はニッと白い歯をのぞかせると、久美子のほうへと手をぶんぶんと振ってみせた。

「久美子ちゃんも頑張ろうね。どうせやるなら本気でやりたいし」

「あ、うん」

彼女の勢いに圧せられたように、久美子は思わず首を縦に振った。脳裏で麗奈の姿が一瞬だけちらつく。それをかき消すように、久美子ははっきりと言葉を紡いだ。

「私も、頑張りたいとは思ってるよ」

その台詞に、あすかが満足げな笑みを浮かべる。長い睫毛がレンズ越しに大きく上下したのが見えた。その腕のなかにあるユーフォニアムが、蛍光灯の光を浴びて無邪気に輝いている。

「今年のコンクールはどうなるか楽しみやね」

あすかの言葉に、久美子は思わず自身のユーフォニアムを抱き締めた。期待と不安をない交ぜにしたような感情が、胸の奥でぐるぐると渦を巻いている。それらをごまかすように、久美子は大きく息を吸い込んだ。

不安がっていても仕方ない。高校生活は、まだ始まったばかりなのだから。

「先輩！　もう一回きらきら星吹きたいです！」

　久美子の正面に座っていた葉月が、勢いよく手を上げる。それに釣られるように、久美子もまた手を上げた。

「わ、私も吹きたいです」

「緑も吹きたーい」

　あすかは一年生の顔をぐるりと見回すと、それから仰々しく腕を組んでみせた。その口端がニヤリと持ち上がる。

「その意気やよし。それじゃ、もう一回やってみよな」

「はい！」

　久美子は慌てて楽器を構える。金色のユーフォニアムに、自身の顔が映り込んだ。それがなぜだかくすぐったくて、久美子はマウスピースへと唇を押しつける。ベルは一度大きく震え、それから柔らかな音を紡ぎ出した。

二　科学準備室の京子さん

「なああ知ってる？　科学準備室の京子《きょうこ》さんの話」

昼食中。母の作ってくれた弁当の中身を久美子が箸でつついていると、緑輝は嬉々《きき》としてそんなことを語り出した。その隣では葉月が売店で買った焼きそばパンを頬張っている。

「京子さん？」

「そ！　京子さん！」

久美子の問いに、緑輝がぶんぶんと首を縦に振る。動きに合わせて柔らかな髪が上下に震えた。陽に透けて明るく輝くそれを一瞥し、久美子は首を傾《かし》げた。

「誰それ？　葉月知ってる？」

「知らんなあ、有名人？」

葉月の質問に、緑輝が首をひねりながら答える。

「有名人っていうか……お化け？」

「はあ？」

突拍子もないその台詞に、葉月が胡乱《うろん》げな視線を送る。彼女の内心を察したのか、葉月が口を開く前に緑輝は勢いよくまくし立てた。

「緑だってほんまには信じてへんよ？　でも、みんな見たって言ってるんやもん。もしかしたらほんまに京子さんはいるかもしれんやん」

「いやいや、いるかいないか以前に、そもそもその京子さんとやらが何者か知らんから」

「どういう噂話《うわさばなし》なの？」

時計に視線を送りながら、久美子は尋ねる。昼休み終了まであと残り十分もある。どうせやることもないのだから、たわいない噂話に付き合うのもいいだろう。

興味を持たれたことがうれしかったのか、緑輝がその口元を綻《ほころ》ばせた。

「これは、サックスの先輩が言ってはった話やねんけどね。夜に先輩の友達が北校舎を歩いていたら、なんか青白い光がぼわーって見えたんやって。ほんで、その光が気になってそっちに向かっていったら、なんと科学準備室から変な光が漏れてるの！それでドアの隙間からそろーって教室をのぞき込んだら、髪の長い女の子がこっちを見下ろして、『次はお前だー！』って、いきなり叫んできたんやって」

「へえー、それでどうなったん？」

葉月の問いに、緑輝がキョトンとした顔をする。

「え？　それで終わりやけど」

「ええ？　その先輩はそっからどうしはったんさ」

「なんか怖くなってそのまま走って逃げたんやって。緑もただの噂だと思ったんやけど、目撃してる人が結構いるみたい」

「その叫んだ女の人が京子さん？」

「そう。胸元に名札つけてたらしいよ」

「名札って……」

　葉月が呆れたように頬をかいた。本来、北宇治高校の校則では、プラスチック製の名札を胸元につけることになっている。しかしそのデザインがあまりにもダサいため、実際につけている生徒はほとんどいない。

「なんでまたお化けが几帳面《きちようめん》に名札つけてんの」

「きっと生前は真面目《まじめ》な生徒やったんやろうね。若いのに死んじゃってかわいそう」

「いやいや、まだお化けって確定してないから」

　だいたい、久美子はお化けなどという非科学的な存在は信じないことにしている。というか、信じたくない。小学生のときに井戸からお化けが出てくる映画を見て以降、久美子はホラーの類いが苦手なのだった。怖いテレビ番組を見てしまった日などは、背後に何かの気配を感じるようでなかなかシャワーを浴びられない。

「でもでも、そんな時間に学校にいるって不思議でしょ？　お化けやなかったら何者なんかなー」

「うーん、学校に紛れ込んだ不審者とか」

「そっちのほうがお化けの百倍怖いわ」

久美子の推理に、葉月が呆れた様子で言う。緑輝は腕を組みながらうんうんとうなっていたが、何かがひらめいたように突然その手をポンと打ち鳴らした。

「ねえねえ、せっかくやし京子さんについて調査してみようよ」

「調査？」

葉月は怪訝《けげん》そうに緑輝のほうを見る。また妙なことを言い出したわ、とでも考えているのだろう。自身の考えに興奮しているのか、緑輝の瞳が大きく見開かれた。

「そう！　自主練習って確か夜までＯＫやったよね。何時ぐらいまでセーフなんやったっけ？」

「確かいまの時季は特例で八時まではよかった気がする」

本来ならば規定の部活動の終了時間を守らなければならないのだが、吹奏楽部はサンフェスの本番が近いために特別に夜までの自主練習が許可されていた。

久美子の言葉に、緑輝が笑みを深める。

「よーし！　今日の夜、みんなでその科学準備室に行ってみいひん？」

「えー、めんどくさ」

いつもならこういうイベントに乗り気なはずの葉月が、今日は珍しく消極的だった。

緑輝が首を傾げる。

「もしかして、葉月ちゃんお化け怖いの？」

図星だったのか、葉月の顔が一瞬にして朱に染まる。

「こ、怖ないわ！　あほなこと言わんといて」

「じゃあ決まりね。久美子ちゃんも来てくれるやんな？」

そう言ってにっこりと笑顔を見せられては、断れるはずもない。久美子は緑輝のこの顔に弱いのだ。

「う、うん。わかった」

「やったー！　それじゃ、今日決行やからね！」

緑輝が勢いよく両手を振り上げたとき、ちょうど昼休みを終えるチャイムが鳴った。葉月が手に残っていた焼きそばパンの残りを慌てて口に放り込んでいる。それを横目で見ながら久美子は思った。これは厄介なことになってしまったな、と。


放課後の部活の活動時間が終わり、校舎はしんと静まり返っていた。教師たちもとっくに帰っており、灯《あか》りが点いているのは吹奏楽部の部室である音楽室ぐらいだった。八時近くともなるとさすがに残っている部員はほとんどおらず、音楽室はひっそりとしていた。授業形態へと戻された教室の、そのいちばん奥の席に座り、久美子はユーフォニアムに息を吹き込んだ。

「うーん、やっぱり夜になると人がいないねえ」

コントラバスの弦を指で弾《はじ》きながら、緑輝がこちらへと話しかけてきた。外はすでに暗く、どこからか虫の鳴き声が聞こえてくる。窓の隙間から吹き込む生ぬるい風が、カーテンを不気味に揺らしていった。

「ほんまに行くつもりなん？」

露骨に嫌そうな顔をして、葉月が尋ねる。その腕に抱えられたチューバには、大きく伸びた彼女の姿がくっきりと映し出されていた。緑輝がにこにこと笑みをまき散らしながら、首を縦に振る。

「ここまで来たら行くに決まってるやん。ね、久美子ちゃん」

「う、うん」

同意を求められ、久美子は思わずうなずいてしまった。葉月が恨みがましい目でこちらを見てくる。久美子は楽器を床に置くと、葉月の肩を軽く叩いた。

「緑がここまで乗り気なんだし、観念しなよ」

その言葉に、葉月はがっくりと肩を落とした。


校舎は暗く、あちこちで非常口を示す誘導灯が緑色に燃えている。久美子たちは足音を殺し、静かに夜の学校を進んでいった。周りをキョロキョロと見回す葉月とは対照的に、緑輝の足取りには一切の迷いがない。

「科学準備室って遠いねんなー」

「音楽室からは離れてるからね」

窓に映る自分の姿すら、なんとなく不気味に感じる。久美子は無意識のうちに自身のセーラー服の袖を握り締めた。

「あ、そういえばうちトイレ行きたかってん」

そう言って、葉月が女子トイレの前で足を止めた。前を歩いていた緑輝が振り返る。

「それやったら外で待ってるね」

「いやいや、そんな薄情なこと言わんといて。なかまでついてきてよ」

「もう、しょうがないなー」

緑輝が肩をすくめる。その視線が久美子のほうへと向けられた。

「久美子ちゃんはどうする？」

「私は外で待ってるよ」

夜の学校のトイレなんて、怖くて入りたくないし。そんなことを内心で考えながら、久美子は緑輝へと笑いかけた。

「じゃあ、久美子ちゃんはここで待っててね」

「うん、わかった」

ひらりと手を振る久美子の前を、青い顔をした葉月が通り過ぎていく。

「夜のトイレってなんか不気味やんかー。嫌やわー」

「まああ、緑がついててあげるから」

二人が女子トイレへと消えていくと、辺りは急に静まり返った。しんとした静寂が空気のなかに溶けている。廊下の向こう側は暗く、暗闇がぽっかりと口を開けているように見えた。一人で立っているのがなんだか心細くなって、久美子は意味もなく自身の袖を指先で引っ張ったりしてみる。そのとき、不意に耳が微《かす》かな音を拾い上げた。

カツン、カツン。

耳を澄ますと、その音はどんどんとこちらへと近づいてきているのがわかった。唾を呑み込み、久美子はじっとその方向を凝視する。

「……誰ですか」

意を決して、暗闇《くらやみ》に向かって声を投げかけてみる。すると、ぴたりとその足音が止まった。窓から漏れるわずかな光、そこにほっそりとした足が現れる。誰かいる。そう、久美子は確信した。しかし暗いせいで、その上半身はさっぱり見えない。紺色のスカートが微かに揺れる。短めの白いソックス。間違いない、この学校の制服だ。緊張のせいか、口のなかがやけに渇いていた。久美子はそこに縫いつけられたかのように立ち尽くしたまま、ただおそるおそる声を発した。

「あの、京子さんですか」

その問いに、少女は答えない。ただ、よくよく耳を澄ましてみると、彼女が漏らす吐息にすすり泣く音が混じっていることに気がついた。

「あの」

久美子がそう声をかけた瞬間、背後からがたんと大きな物音が鳴り響いた。ハッとして、とっさに久美子は振り返る。

「もう、葉月ちゃん怖がりすぎやって」

「だって怖いねんもん、しゃあないやん」

どうやら先ほどの音はトイレの扉が開いた音だったらしい。ハンカチで手を拭きながら、葉月と緑輝がこちらへとやってくる。

「お待たせー」

「久美子、どうしたん怖い顔して」

「いや、さっき女の子が――」

そう言って先ほどの方向を指差すが、そこにはもう誰もいなかった。もう、と葉月が頬を膨らませる。

「なんもないやんか。久美子ったらうちを怖がらせる気やな？」

「いや、そうじゃないんだけど……」

「あかんよ久美子ちゃん！　そんな冗談言ったら葉月ちゃん泣いちゃうから」

「泣かへんわ！」

どうやら完全に冗談だと思われているようだ。久美子は自身の目をこすってみる。確かに、そこにはもう誰もいない。もしかしたら何かの見間違いだったのかもしれない。じっとりと手のひらにかいた汗をスカートにごすりつけ、久美子は静かに息を吸った。

「さ、今度こそ科学準備室へゴー！」

緑輝はそう言って、意気揚々と歩き出す。葉月と久美子は顔を見合わせ、慌ててそのあとを追った。

科学準備室へとたどり着くと、確かにその窓からぼんやりと青白い光が漏れていた。

「噂は本当やったみたいやね」

緑輝は興奮した様子で目をキラキラさせている。

「えー、もうやめようや」

怖気《おじけ》づいたのか、葉月が緑輝のセーラー服の裾を引っ張っている。久美子は先ほど見た女子生徒のことを思い出す。やっぱり、あれが噂の京子さんだったのだろうか。噂話は本当なのか。

科学準備室の扉はきっちりと閉め切られている。耳を澄ますと、なかから何やらゴソゴソと物音が聞こえてきた。間違いない、誰かいる。

「これ絶対やばいって。やめとこう」

葉月の顔色はあからさまに悪い。しかしそんな彼女の制止も耳に入ってこないのか、緑輝はうれしそうな顔で扉のほうを指差した。

「ねえねえ、開けてみていい？」

「嫌やって」

「ここまで来たんやもん、このまま帰るなんてもったいないやん」

そう言って、緑輝は扉の取っ手へと手をかけた。彼女が力を込めようとしたその刹《せつ》那《な》、扉がひとりでに動き出した。突然、なかから人影が飛び出してくる。

「次はお前だー！」

ギャーッと、甲高い悲鳴を上げたのは葉月だった。とっさのことで、久美子はただ息を吞むしかない。すっかり取り乱す二人とは対照的に、緑輝が興奮した様子で叫んだ。

「あー！　京子さんや！」

その台詞に、久美子はおそるおそる目の前の人物へと視線を送った。そこに立っていたのは、一風変わった容姿をした少女だった。まず目についたのは、ボサボサの長い髪だ。フレームのない丸い分厚い眼鏡に、長いスカート。履いているカラフルなソックスは、右と左でデザインが異なっている。その胸元には、白いプラスチック製の名札がつけられている。確かに、そこには木山《きやま》京子と刻まれていた。

顔色は確かに健康的とは言えないが、足もしっかりあるし幽霊であるとは思えない。どうやら奇妙な噂話の原因はこの人物にあるようだ。

京子はじろりとこちらを見下ろすと、その髪を大げさな動きでかきむしってみせた。

「あー？　何ちんたら突っ立ってんだ？　お前らも採寸に来たんやろ？」

「採寸？」

思いもしない単語に、思わず久美子たちは顔を見合わせた。

「もう、京子ったら何やってるん？」

京子の背後から、聞き慣れた声が聞こえてきた。その人物に、緑輝がはしゃいだような声を漏らす。

「香織《かおり》先輩！」

香織はこちらを見ると、驚いたように目を見開いた。彼女はトランペット担当の三年生だ。その美しい容貌と優しい性格で、部員みんなから愛されている。

「低音の子たちやね？　どうしたん？　こんな時間に」

「先輩こそどうしたんですか？」

久美子がそう尋ねると、香織はにこりと目を細めてみせた。

「いま、サンフェスの衣装をどうするか決めてたの」

ほら。そう言って香織は教室のなかを指差した。そこにあったのは、巨大なプロジェクターだった。青白い画面には、いくつかの衣装パターンの画像が映し出されている。窓から漏れていた光はこの画面のものだったようだ。薄暗い教室のなかでは数人の先輩たちがパンフレットを見ながら、ああでもないこうでもないと話し込んでいる。

「なんで教室をこんなに暗くしてるんですか？」

「明るいとプロジェクターが見えにくいでしょう？」

「それにしてもここまで暗くせんでも」

葉月が呆れたようにつぶやく。

その隣で、緑輝が勢いよく手を上げた。

「あの、この京子さんというのはいったい誰なんですか？」

「あー？」

京子はじろりと緑輝のほうをにらみつける。いや、もしかしたらにらんでいるわけではなく、ただ単に目つきが悪いだけかもしれない。

「サックスの先輩から聞いたんです！　科学準備室の京子さんの噂！」

緑輝の言葉に、香織が苦笑した。

「またあの子たち、後輩をからかって遊んでたんやね」

「えー！　緑、からかわれたんですか？」

「ふふ、そうみたいね」

香織は笑みをこぼすと、それから京子のほうへと手の先を向けた。

「この子は演劇部の副部長なの。衣装作りが得意やから、協力してもらってる」

「試作品やら何やらを作ってあげとんねん。お前ら一年は感謝しろよ！」

そう言ってキメ顔を披露され、久美子は曖昧な笑みを浮かべた。

「は、はあ。ありがとうございます」

その台詞に満足したのか、京子はフンと鼻を鳴らした。緑輝が感心したように手を打ち鳴らす。

「それにしても、衣装ってこうやって決めてるんですね」

「まあ、うちは予算も全然ないからね。もともとある衣装とか、あるいは安いところで衣装を買って、それを自分たちでアレンジしてる。衣装をどうするかは、毎年三年生がこうやって何日もかけて決めることになってるの」

「衣装、見てもいいですか？」

そう嬉々として尋ねた緑輝の鼻先を、京子が指で弾く。

「あかん！　こういうのは配るまでのお楽しみなんや！」

「えー」

唇をとがらせる緑輝に、香織はくすくすと笑い声を漏らした。

「ほら、一年生はもう帰ろうな」

その言葉に、葉月が緑輝の腕を肘でつつく。

「京子さんの謎も解明できたし、もうええやろ」

「うん、結局お化けはいなかったんやね。ちょっとがっかりやけど、謎が解けて大満足！」

好奇心が満たされたのか、緑輝はあっさりとうなずいた。葉月と久美子は同時に胸をなで下ろす。これでようやく家に帰れるようだ。久美子はほっとして京子へと笑いかけた。

「さっきトイレのところにいた人って、先輩だったんですね。一瞬お化けかと思ってドキドキしちゃいました」

「は？」

京子は怪訝そうな表情で、ぐりんと首を傾げてみせた。

「オレはここからずっと離れてねえぞ。何言ってんだ？」

「え」

久美子は思わず京子のほうを凝視した。その脳内に、先ほど見かけた光景が鮮明に蘇る。薄暗い廊下。窓から差し込む光。照らし出される足元——と、そこまで思い出したところで、久美子は自身の背筋がぞぞっと粟立《あわだ》つのを感じた。そうだ、あの少女の靴下は白だった。目の前の京子のそれとは全然違う。

「じゃ、じゃあ、あれは誰だったんでしょう」

「知らん。だいたい、いまの時季にこんな夜遅くまで残ってるやつ、吹部しかおらんやろ」

「でも、衣装会議に参加してる三年生は全員ここにいるやんな。うーん、誰を見たんやろうね」

京子と香織が不思議そうに首を傾げている。どうやら、冗談を言っている様子ではないようだ。そう久美子が考えていると、突然袖を引っ張られた。見ると、葉月が半泣きでこちらを見ている。

「ちょっと、変なこと言い出さんといてよ」

「でも、見たんだもん」

「じゃあじゃあ！　それが本物のお化けってことやんな！」

突如元気よく宣言した緑輝に、皆の視線が集中する。緑輝はかなり興奮した様子で、その拳を握り締めた。

「よーし、それじゃあ緑たちでそのお化けを見つけへん？」

「はー、またなんかアホなこと言い出した」

「緑、もう満足したんじゃなかったの？」

その問いかけに、緑輝は満面の笑みで答えてみせる。

「新しい謎が出てきてんもん、これは解明しなきゃ！　行くよ！　久美子ちゃん、葉月ちゃん」

力強い台詞とともに、緑輝は勢いよく駆け出した。ちょっと待ってよ、と葉月は慌ててそのあとを追う。こうなった緑輝は、もう誰にも止められないのだ。呆気《あっけ》に取られている香織に、久美子は小さく会釈《えしゃく》する。

「すみません、大騒ぎしちゃって」

何がおかしいのか、京子はゲラゲラと笑い声を上げた。

「いやあ、あすかといいあの子といい、吹部はなかなかの変人ぞろいやな。これは退屈せんわ」

この人、自分も変人だって自覚あるのかな。そんなことを考えながらも、久美子は二人のあとを追おうと足を一歩踏み出す。その背後で、香織がくすくすと笑いながら言った。

「ふふ、低音パートってほんとに楽しそうやね」

その言葉に、久美子は一度足を止め、彼女のほうを振り返った。

「はい！　楽しいです！」

香織は少し驚いたように目を見開き、それからふとその目を細めた。その桃色の唇から、本音混じりのつぶやきが漏れる。

「いいなあ、低音は」

久美子は一度口を開き、けれど結局何も言わないことにした。聞こえていないふりをするのがいちばんだと思ったから。

「衣装、楽しみにしてろよ！」

京子はそう言って、ニヤリと口端を持ち上げてみせた。その自信にあふれた表情を見ていたら、久美子は自身のなかになんだかわくわくした感情が湧き上がってくるのを感じるのだった。

三　あの子には才能がある

自分は天才なのだと思っていた。小学校でも中学校でも、通知表はいつだって5ばかりだった。府内屈指の進学校を受験したのも、自分のなかでは当然の選択だった。だって、ほかの子と違って自分には才能がある。部活をしていても成績優秀だし、学校の先生だってみんな受かると言ってくれていた。大丈夫。自分は絶対合格する。そう、根拠もなく思い込んでいた。だから、本命の高校に落ちたときにはひどく落ち込んだ。滑り止めの高校には合格したけど、それでもかなりショックだった。普通の子でも受かるような、大して賢くもない北宇治高校に行かなければならないなんて。でも、それでも現実を受け入れるために、無理やり理屈をこねて自分を納得させた。この高校でトップになれば、そこそこ優秀な大学に行ける。ライバルもいないし、進学校に無理して通って落ちこぼれになるよりはよかった。そう、これは正しい選択だったのだ。悔し紛れに近い台詞を、何度も口のなかで反芻《はんすう》した。

そして高校に進学し、斎藤葵《さいとうあおい》は本物の天才に出会ってしまった。

ピロティーからは今日もまばらなサックスの音が聞こえてくる。正直うるさい。葵は開いていた参考書から一度視線を離し、それから窓の外へと視線を落とした。コンクリート製の水飲み場の近くでサックスパートの数人が練習をしている。紺色のセーラー服が風を受けてひらりと翻る。太陽の光を浴びて、楽器の表面がキラリと瞬《またた》いた。

「……あの子たち、練習なんてしいひんタイプやったのに」

無意識のうちに独りごちた言葉を、聞いている者はいなかった。放課後の教室に人影はなく、静寂をはらんだ空気はしっとりと重い。指先でページの端をいじくりながら、葵は再び自身の参考書へと目を向ける。

葵が入学した当初、北宇治高校吹奏楽部はあまり熱心な部活ではなかった。休みも多かったし、練習も本気でしている部員は少なかった。そんな部の空気を一変させたのが、あの滝《たき》という教師だった。今年からこの学校にやってきた彼は、みるみるうちに部活の空気を変えてしまった。


コンクール曲の練習だろう、外から流れてくる音楽は葵でも耳にしたことがあるものだった。イーストコーストの風景。サックスパートはどんな演奏をしているんだろう。誰がAのメンバーで出るのだろうか。そんなことを考えて、しかし葵はそこでハッと我に返った。自然と口元に苦々しい笑みが浮かぶ。部活を辞めてしまった自分には、なんの関係もない話じゃないか。なんでいまさら気にしているのだろう。肺に沈む重苦しい感情を吐き出そうと、葵は一度ため息を吐き出した。

部活を熱心にやるということは素晴らしいことだと思う。全国大会出場が目標、それだって大いに結構だ。だけど、何も今年にやらなくてもいいじゃないか。そうついつい思ってしまうのは、自分勝手すぎるだろうか。

ただでさえ吹奏楽部は引退が遅い。府大会でも八月の前半、関西大会だと八月の後半。まして全国大会出場となると、引退時季は十月後半になってしまう。ほかの受験生たちが勉強しているあいだに、部員たちはどんどんと差をつけられてしまう。

みんな、なんにもわかってない。吹奏楽で大学には行けないのに。

問題集をめくる。何度も解いた問題が、葵を待ち構えている。微分、積分、二次関数。チェックをつけて、自分なりに解説を書き込んで。馬鹿正直な自分は、こうしてコツコツと努力することしかできない。こんなに頑張っているのに。それでも、自分はあの子には勝てない。

「あれ、葵、まだ残ってたんや」

脳裏に思い描いた人物の声が、教室にやけに大きく響いた。驚いて、葵はとっさに顔を上げる。見ると、楽譜ファイルを抱えたあすかがこちらにひらりと手を振っていた。彼女と葵は同じクラスなのだ。

「どうしたん？　忘れ物？」

平常心を装い、葵は小さく首を傾げてみせた。視線はあすかに固定したまま、素早く問題集を閉じる。あすかはその動作に一瞬だけ目を細め、それからその口端を吊り上げた。

「いやあ、筆箱忘れてさあ。慌てて取りに来たってわけ」

そう言いながら、あすかはさりげない動きで葵の前の席に腰かけた。予想外の動きに困惑しながらも、葵は何げなさを繕い尋ねる。

「部活、行かへんの？」

「行く行く」

そう答えながらも、あすかは動こうとはしない。なんとはなしに気まずさを感じ、葵はついつい視線を下へと落とす。机の上に置かれた、ほっそりとした彼女の長い指。顔の輪郭に沿うように伸びる長い黒髪は艶やかで、彼女の白い肌によく映えた。まるでモデルみたいだ。初めてあすかを見たときも、葵はそんな感想を抱いた。入学式のとき、新入生代表として壇上に上がった彼女は、明らかにほかの生徒とは異なっていた。もしもこの世界がテレビドラマだったとしたら、彼女は明らかに主役で、そして自分は生徒Cだ。いてもいなくても誰も気にならない、ただのモブ。選ばれし人間とはこういう人間のことを指すのだと、葵は痛感させられた。あすかは特別だ。間違いなく、自分とは違う。

「……部活、なんで辞めたん？」

あすかがこちらを見る。闇色の瞳が、まっすぐに自分を捉える。そのあまりの美しさに、葵はいつもぞっとする。彼女はとても美しい。だからこそ、気味が悪い。まるで現実の人間ではないみたいで。

「まあ、受験やしね」

そう言って、葵はぎこちない笑みを浮かべる。ふうん、とあすかはわずかに目を細めた。

「晴香《はるか》が結構落ち込んでた」

「あの子、部長でいろいろ大変やもんね。悪いことしたなとは思ってるよ」

「べつに思わんでいいよ。葵は悪くないし」

あすかはそう言って肩をすくめた。窓の外からはいまだに下手くそなサックスの音が聞こえてくる。

「だいたい、晴香ってなんでもかんでも気にしすぎやねん。もっと肩の力抜けばええのにさ」

「まあ、部長やしね」

そう相槌《あいづち》を打ちながらも、葵は心のなかだけで反論する。晴香だって、もしも副部長があすかでなければもっと伸び伸びとやれていただろう。隣にいる人間があまりにも優秀すぎるから、晴香はつい自分を卑下してしまうのだ。

「あすかはさ、なんで部長にならへんかったん？」

「そんなん普通に考えたらわかるやん。ほら、うちって部長の器やないしさ」

茶化すような彼女の台詞に、葵は眉間に皺を寄せる。

「そんなわけないやんか。三年生会議のときも、みんなあすかが部長になるべきやって言ってた。あすかが部長で晴香が副部長やったら、全部うまいこといったんちゃうん。それやのになんで部長の役を晴香に押しつけたん？」

あすかは頬杖《ほおづえ》をついたまま、小さく笑った。窓から差し込む光がその輪郭を照らし出す。無防備にさらされた喉が、意志を示すように強く震えた。

「面倒やから」

「は？」

「だってさ、部長とかめっちゃめんどいやんか。普通にやりたくないって」

そう言って、あすかは葵のほうを見た。葵は握っていたシャープペンシルを離すと、意味もなく拳を握ったり離したりを繰り返した。唇を噛《か》み、葵は息と一緒に言葉を吐き出す。

「それ、ちょっと無責任ちゃう？」

「なんで？」

「だってさ、あすかには部長としての適性があんのに」

「適性があったら全部やらなあかんわけ？」

　彼女の表情は笑顔のままだったけれど、その声はいやに鋭かった。葵は思わず唾を呑み込む。

「そういうわけちゃうけど……」

　続く反論が見つからなくて、葵はそのまま口ごもった。沈黙が、場を支配する。あすかはじっとこちらを見つめていたが、数秒の間のあと、呆れたようにため息をついた。

「葵にはうちがどう見えてるんか知らんけど、そんなすごいやつちゃうで。買いかぶりすぎ」

「そんなことないでしょ」

「そんなことあるある」

　そう言って、あすかはくすりと笑みをこぼす。その指先が葵の参考書へと向けられた。

「勉強のほうの調子はどうなん？」

　するりと話題を変えられ、葵は少し拍子抜けした。張り詰めていた緊張が、少しだけ解ける。

「まああって感じ。あすかは予備校行ってないんでしょ？」

「だって予備校って高いやんか。うちにそんな金ないし」

冗談とも本気とも取れない台詞を吐き、あすかはケラケラと笑った。眼鏡の赤いフレームがキラリと瞬く。

「私ずっと不思議に思っててんけど、なんであすかって北宇治に来たん？」

あすかならもっといい学校行けたでしょ？　その問いに、彼女はなんでもないように答える。

「普通に、ここがいちばん家に近かったから」

「理由って、それだけ？」

「うん、それだけ。だいたい、勉強なんてどこの高校に行ったってやること同じやし。それやったら家から近いほうが通うの楽やん」

あすかの考え方は合理的でシンプルだ。だからこそ、葵はいつも彼女に劣等感を覚えてしまう。自分はそんなふうには割り切れない。もっと上に行きたい。じゃないと、周りに馬鹿にされるから。

「……あすかはいいよね」

「何が？」

「だって、頭いいし」

「はは、まあ確かに他人よりは成績はいいかもね。でも、葵だって優秀やんか。この前の模試、校内順位やと十位以内に入ってたし」

　でも、あすかは入学してからずっと一位やんか。込み上げてきた台詞を、なんとか喉元で押し込める。こんなことを言ったら、まるで自分があすかをライバル視しているみたいではないか。彼女にそう思われてしまうことが、葵はひどく恥ずかしかった。だって、あすかはこちらのことなどまったく気にしていないのだから。

「校内順位がよくても、合格判定が微妙やから」

「あと半年はあんねんからさ、そんなん気にせんでもええって。これからバリバリ勉強したらぐんぐん伸びるやろうし」

「……あすかは不安ちゃうの？　部活やりながら受験って」

　その問いに、あすかは仰々しい動きで腕を組んでみせた。うーん、とわざとらしく悩んでいるふりをする。

「勉強時間取れへんのは確かに厳しいけど、ま、うちなら大丈夫やろって感じ」

「でも、あすかが受けるとこってめちゃくちゃ頭いいやんか。ほかの子が一生懸命勉強してるときに自分だけ部活してるって、なんか焦らへん？」

「その程度の時間の差で、自分がほかのやつらに負けるとは思わんから」

　はっきりと言い放たれたその台詞に、葵はぐっと息を呑んだ。ほかの人間が同じ台詞を言ったならば、自分はそいつをきっと軽蔑するだろう。受験を舐《な》めすぎだ。そう内心でせせら笑う。だけど、あすかは違う。彼女の言葉は真実であり、これが現実なのだ。あすかが多くの時間を部活に捧げようと、自分はきっと彼女に勝てない。だって、持って生まれたものが違う。あすかは天才なのだから。

「……ずるいよね」

ぽつりと、本音がこぼれ落ちた。それは無意識のうちに葵の喉を震わせ、情けない感情を相手にさらした。あすかが驚いたように目を見開く。

「ずるいって？」

「私も、あすかみたいに賢かったらよかったのに」

あすかの長い指が、不意にこちらへと伸びてきた。何も塗られていない薄桃色の爪が一瞬だけ視界に入る。葵がびくりと身を震わすと、あすかは愉快そうに喉を鳴らし、柔らかな動きで葵の髪に指を滑らせた。なんだか甘い匂いがする。距離の近さに、脳《のう》味噌《みそ》がクラクラした。あすかの赤い唇から、揶揄《やゆ》混じりの声が漏れる。

「それはないものねだりってやつ」

「あすかにないものなんてある？」

「いっぱいある。けど、隠すのが得意やねん」

そう言って、あすかは立ち上がった。指が離れ、距離が開く。彼女は指先で眼鏡のフレームを軽く持ち上げると、それから笑った。

「そろそろ部活に戻るわ。パートリーダーがサボるとあかんし」

あすかはそう言って、自身の机から細身のペンケースを取り出した。彼女はノートを取るときも赤ペンとシャープペンシルしか使わない。無駄なものを持ち歩かない主義らしい。

「あすか、」

教室から出ていこうとする後ろ姿に、葵は思わず声をかけていた。ん？　とあすかがこちらを振り向く。その拍子に、長い黒髪がさらりと揺れた。肺の奥にため込んでいたもやもやとした感情が、堰《せき》を切ったようにあふれ出す。

「私、部活辞めて悪かったなってホントは思ってるの。晴香に迷惑かけたのもそうやけど、コンクール前に三年生が抜けるなんてダメやってわかってた。でも、どうしても受験で受かりたくて――」

「大丈夫やって」

まるで懺悔《ざんげ》するみたいにまくし立てる葵の言葉を、あすかはあっさりと遮った。彼女はにこやかに微笑《ほほえ》むと、無邪気に告げた。

「人数少ないオーボエとかファゴットの子が辞めたんやったらめっちゃ困るけど、テナーサックスっていっぱいいるから。一人ぐらいいなくなっても全然問題ないよ」

心臓が止まるかと思った。頭をガンと殴られたような衝撃。葵は息を呑み、それからあすかのほうを見た。レンズ越しの彼女の瞳は、感情の読めない色をしていた。まるでなんでもないことのようにあすかは言う。

「やからさ、葵が気にする必要なんてまったくないから。勉強、頑張ってな」

うん。そう応えるしか、葵に選択肢はなかった。それじゃ。そう言って、あすかが軽やかな動きで教室を出ていく。足音が遠ざかり、静寂が狭い空間に広がった。葵は目の前の問題集を開き、だけど結局一問も解かずに再び閉じた。指が震えていた。瞼の裏がやけに熱い。

自分はなんて言ってもらいたかったんだろう。葵がいないとやっぱり無理だよ、戻ってきて。そんな言葉を期待していたのだろうか。

「……馬鹿みたい」

自分から部活を捨てたくせに、捨てられたように感じるなんて。葵は大きく息を吐き出すと、それから参考書と問題集を鞄《かばん》に詰め込み始めた。今日はもう帰ろう。ここにいても、勉強できる気がしない。

筆箱を鞄に詰めながら、葵は窓の外へと視線を落とす。サックスを首から提げた少女たちが、ピロティーから離れていくのが見えた。いまから音楽室にでも向かうのだろうか。少し前までは、自分もあのなかにいたのに。そんな女々しいことを考える自分が嫌になって、葵は意味もなく筆箱を鞄の奥へとぎゅうぎゅうに押し込めた。

太陽はすでに沈もうとしている。あれだけうるさかったサックスの音は、もうまったく聞こえやしなかった。

四　少女漫画ごっこ

「あー、いいなあ。壁ドンって」

「はあ？」

昨日のドラマの話をしているうちに、ふと思いついた言葉が緑輝の口から漏れた。葉月が怪訝そうな顔でこちらを見る。緑輝は箸を動かすのをやめると、ふう、と小さく息を吐き出した。お弁当には中途半端につついたハンバーグがまだ残っていた。

部活の休日練習のとき、緑輝たちはいつも昼食をパート練習の教室で食べていた。教室の左端のほうでは梨子《りこ》と夏紀《なつき》が二人で食事をしており、その右端のほうでは卓也《たくや》がほかのパートの男子生徒と無言でお弁当を食べている。パートリーダーのあすかはいつもトランペットパートの教室で香織とともに食事するため、この教室にはいなかった。

「葉月ちゃんも壁ドンいいなあって思わへん？」

その問いかけに、葉月は不可解そうに首をひねる。

「そもそも壁ドンって憧れるようなもんちゃうくない？　うるさくしてたら隣からドンドン叩かれるやつやろ？」

「そっちの壁ドンちゃうよー！」

思わず叫んだ緑輝に、隣に座っていた久美子がくすくすと笑い声を上げた。彼女は菓子パンをひと口サイズにちぎりながら、葉月へと視線を向ける。

「よく少女漫画に出てくるほうの壁ドンのことだよね。男の子が女の子を壁際に追い詰めて、ドンって突くやつ」

「そうそう！　壁にドンするやつ」

うんうんと勢いよくうなずいた緑輝に、葉月はますます困惑した表情を浮かべた。

「いや、それ犯罪やん。そんなんされたら引くわー」

「引かないよー！」

「引くって。普通にドン引きやって」

「そんなことないってば！」

力強く言い切った緑輝に、久美子がパンを咀嚼《そしゃく》しながら苦笑した。久美子が食べているクリームパンは、駅前のパン屋さんの看板商品だ。

「そういえば、緑って少女漫画好きだよね」

「うん。めっちゃ好き」

緑輝にとって、少女漫画は人生のバイブルである。小学校、中学校と私立の女子校に通っていた緑輝には、異性との出会いがさっぱりなかった。そんなときに友達と一緒によく読んでいたのが少女漫画なのだ。

「あんなふうな生活を送ってみたいなあって、ずっと思っててん」

緑輝は女子校でも友達が多いほうだった。小学校でも中学校でも周りにいる人たちはみんな優しくて、学校に対して不満を抱いたことなんて一度もない。それなのにどうして緑輝がエスカレーター式の私立校から公立の北宇治高校へと進学したかというと、とある一作の映画がきっかけだった。少女漫画が原作のその映画は高校生の甘酸っぱい青春を描いたもので、当時女性のあいだで爆発的ヒットを記録した。緑輝も友人と一緒に三度も映画館へと足を運んだ。パンフレットも買ったし、ＤＶＤも買った。こんなふうな学園生活を自分も送りたい！　そう思った緑輝は、中学三年生の春に突如として外部へ進学することに決めたのだ。正直なところ、共学の学校ならどこでもよかったのだが、制服が可愛かったので北宇治高校に行くことにした。

「うちは少女漫画ってあんま好きちゃうねんなあ。こっ恥ずかしくなるし」

葉月はそう言って肩をすくめる。その台詞を聞いて、久美子が笑みをこぼした。

「確かに、葉月ってよく少年漫画読んでるもんね」

「やっぱな、燃える展開がいいわけよ。少女漫画ってなんかずっとぐだぐだやってるやんか」

「でもでも、めっちゃおもしろいんやって。葉月ちゃんだって少女漫画読んだら絶対、こんな恋愛したいなあって思うよ」

「えー、ほんまかなあ」

「ほんとほんと！」

緑輝は激しく首を縦に振る。

「葉月ちゃんも久美子ちゃんも想像してみてよ。自分の好きな男の子が壁ドンしてきたら、胸がキュンってするでしょ?」

その言葉に、葉月は腕を組んで考え込んだ。うーん、とうめき声に近い声を漏らすと、彼女は眉間に微かな皺を寄せた。

「そもそも、壁ドンがようわからんからうまく想像できひんわ」

「えー! じゃあじゃあ、久美子ちゃんは?」

そう言って久美子のほうを見ると、彼女は曖昧な微笑を浮かべた。柔らかな髪がふわりと揺れる。

「私も好きな人いないから、あんまりわからないなぁ」

その言葉を聞いて、緑輝は拳を固く握り締めた。お弁当箱を机へと乗せ、思わず立ち上がる。

「あかんよ二人とも!」

「へ?」

「何が?」

キョトンとした顔でこちらを見る二人に、緑輝は高らかに告げる。

「女子高生たるもの、壁ドンの魅力ぐらい理解しなきゃ!」

その台詞に、葉月があからさまに呆れた表情を浮かべた。コイツは何を言い出すんだ。そう言いたげな顔をしている。

緑輝は自身の拳をぎゅっと握り直すと、それから勢いよく振り返った。視界のなかに、静かに食事をする先輩たちの姿が入る。緑輝は満面の笑みを浮かべ、梨子のほうへと視線を向けた。

「ということで、梨子先輩！　後藤《ごとう》先輩！　お手本見せてください！」

「えぇっ」

思わず、といった具合に梨子が悲鳴を上げる。その反対側の席で、卓也が動揺を隠せない様子で咳《せ》き込んだ。

「うわー、半端ない無茶ぶりやな」

梨子の隣でゼリーを食べていた夏紀が、ケラケラと愉快げな笑い声を上げる。梨子は顔を真っ赤にしたまま、ブンブンと首を横に振った。ふっくらとした頬が朱に染まっている。

「そんなん無理やって」

「ええやん、可愛い後輩の頼みやろ？　やってやれば？」

からかい混じりの夏紀に、梨子は恨めしそうな視線を送った。卓也の隣に座る二年生が、ニヤニヤした顔で彼の肩を肘でつつく。

「俺も見たいし、やってや」

卓也は眉間に皺を寄せ、小さく首を横に振る。

「……嫌だ」

「ええやん、低音パートのベストカップルやねんからさ。ここらで一発かましてやりいな」

笑いをこらえるような夏紀の声は、いつもより少し高かった。完全にからかっているのだろう。緑輝は梨子の前に立つと、そのまま彼女の目をまっすぐに見つめた。

「先輩、お願いします！」

ぺこりと頭を下げると、頭上からうーん、と悩む声が聞こえた。ややあって、梨子がため息混じりにつぶやく。

「まあ、そこまで緑ちゃんが言うなら……」

「やったー！」

緑輝は思わず両手を振り上げた。その背後で、久美子と葉月が感心と呆れが入り混じったような表情を浮かべている。

卓也と梨子が壁際に立ち、その周りを囲むように緑輝たちは立ち並んだ。壁ドンとか引くわー、などと言っていた葉月も、興味津々《しんしん》な顔つきで二人の様子をうかがっている。緑輝は期待に目を輝かせながら、梨子を見つめていた。好きな人にこんなふうにされるのって、いったいどんな感じなのだろう！

「……じゃあ、やるから」

　卓也が神妙な面持ちで手を伸ばす。その右手が一瞬だけ梨子の髪に触れた。

「う、うん」

　梨子は緊張した面持ちでうなずいた。卓也の腕が梨子の肩の上に突き出される。至近距離で見つめ合う二人に、周りは一瞬だけ息を呑んだ。緑輝は興奮で顔を赤くしながら、声を少し潜《ひそ》めて尋ねる。

「梨子先輩、あの、どんな感じですか？」

　その問いに、梨子は少し照れたように頬をかいた。その頬はうっすらと上気しているけれど、予想よりはずっと普段どおりの顔をしている。

「うーん……最初はドキッとしたけど、あんまりかなあ」

「えー！」

　期待していた反応ではなく、緑輝はガッカリした。心なしか、卓也もショックを受けているように見える。

「やっぱり漫画みたいには上手くいかへんのかなあ」

　緑輝がそうつぶやいた直後、いきなり教室の扉が音を立てて開いた。皆の視線がそちらに向かう。そこに立っていたのは、お弁当箱を手に提げたあすかだった。彼女は至近距離で見つめ合っている梨子と卓也の姿を一瞥し、あらま、と小さく声を漏らした。

「いつの間にか低音パートの性が乱れてる！　あかんで後藤、まだ昼間やねんから！」

叫んだあすかの台詞に、卓也と梨子が一気に顔を赤くした。

「ち、違いますよ！」

珍しく大声で叫ぶと、卓也は慌てた動きで梨子から離れた。あすかは大股でこちらへと近づいてくると、胡散臭げな視線を彼に送った。

「怪しいなあ、非常に怪しい」

指の先端で眼鏡のフレームを押し上げ、あすかはわずかに目を細めた。緑輝が慌てて口を開く。

「違うんですよ、先輩。緑が壁ドンが見たいってお願いしたんです！」

その言葉に、あすかは不思議そうな顔で首をひねった。

「壁ドン？　近所の人からクレームが来るときのやつ？　なんでまたそんな変なもん見たいん？」

「そっちの壁ドンじゃなくて、少女漫画とかに出てくるほうの！」

「ふーん？　ようわからんけどなんやおもろそうやね」

あすかは弁当箱を机の上に置くと、それから考え込むように腕を組んだ。緑輝の視界の端のほうで、久美子と葉月が何やら言いたげに顔を見合わせている。ややあって、あすかは勢いよく自身の両手を打ち鳴らした。

「よし！　うちもやってみるわ。さっきの後藤みたいにしたらいいねんな？」

そう言うなり、彼女は梨子のほうへと腕を突き出した。あすかの整った横顔が、梨子の顔へと近づいていく。

「え、え」

梨子はうろたえた様子で視線をさまよわせ、ゆで蛸《だこ》のように顔中を真っ赤にさせた。明らかに卓也のときとは反応が違う。

「あの、先輩」

「ん？」

「……勘弁してください」

そう言って顔を両手ですっかり覆ってしまった梨子に、あすかは一歩下がって距離を取った。力が抜けたのか、梨子はそのままへなへなと座り込む。耳まで赤くした目の前の後輩の顔をのぞき込み、あすかは無邪気に尋ねた。

「で、どう？　梨子ちゃん。おもしろかった？」

問いかけに、梨子からの返事はなかった。どうやら意識をどこかに飛ばしているようだ。完全に惚《ほう》けている。

「……納得いかない」

隣で卓也が憮然《ぶぜん》とした様子でつぶやいた。その肩を夏紀が茶化すように叩く。

「いやいや、アンタがあすか先輩に勝つとか無理やから」

「中川《なかがわ》、うるさい」

少し顔を赤くした卓也を、隣にいる友人が慰めている。あすかは興味深そうに梨子の様子を観察していたが、急に何かがひらめいたようにポンと手を打ち鳴らした。

「これ、香織にやらせよう。優子《ゆうこ》ちゃんとかにやってもらったらめっちゃおもろいことになりそう」

「いやいやいや、そんなことしたら優子先輩喜びすぎて死にますよ」

葉月は焦った様子で止めに入る。しかしそんな制止の声もあすかの耳にはこれっぽっちも入っていないようだった。

「練習開始までには戻ってくるわ」

あすかはそう言って、軽やかな足取りで再び教室をあとにした。まるで新しいおもちゃを見つけた子供みたいだ。

「……うーん、現実じゃあなかなか少女漫画みたいにはならないんだねえ」

緑輝はしょんぼりと肩を落とすと、葉月と久美子の傍《かたわ》らへと並んだ。久美子はこちらを見下ろすと、そうだね、と少し寂しげに目を細めた。

「やっぱり、漫画と現実は違うよね」

「だいたい、少女漫画なんて美少女とイケメンがいちゃいちゃするだけやしな」

「もう、葉月ちゃんったら夢がないなー」

不満を示すように、緑輝はぷっくりと頬を膨らませた。葉月がからかうように、指先でその膨らみをつつく。

「でも、梨子先輩と卓也先輩みたいに、ああやって仲良くできるのって素敵だと思うな」

いまだ固まっている梨子に、卓也が何やら話しかけている。そんな二人に視線を固定しながら、久美子が苦笑混じりに告げた。その表情があまりにも大人びていたものだから、緑輝は一瞬息が詰まった。なんだか胸の奥がジリジリする。

「まあ確かに、あの二人はなんだかんだ言って付き合ってから長いわな」

退屈そうにしていた夏紀が、葉月の肩に肘をついた。欠伸を噛み殺そうともせず、夏紀は少し呆れた様子で肩をすくめた。

「正直なところ、一年がおらんとこではあいつら結構いちゃついてんねん。この前は相合傘して帰っとったしな」

「ほんまですか？」

そのひと言で、緑輝のテンションは急上昇した。瞳が一気に輝く。

「やっぱり高校生ってすごい！　ほんまに少女漫画みたいなことやってるんですね！」

だとすると自分もあの映画みたいにいつか好きな人ができるかもしれない。素敵な恋人と一緒に学校から帰って、部活の演奏会とかも見に来てねって誘えちゃうかも！　一緒に自転車とか乗って、相手の背中に抱きついちゃったりして！

膨らむ妄想に、緑輝はきゃーと両手で顔を覆った。

「緑、好きな人作るの頑張ります！　目指せカップルで自転車二人乗り！」

そう高らかに拳を振り上げる緑輝の隣で、葉月が真顔でつぶやいた。

「いや、自転車の二人乗りは道路交通法違反やから」

五　好きな人の好きな人（前編）

葉月は恋愛が苦手だ。恋とか愛とか、そういうチャラチャラしたものが好きじゃない。友人たちは少女漫画だとか恋愛ドラマだとかそういうものが好きらしいけれど、少なくとも葉月はそれを好んで見ようとは思わない。家族と一緒に居間にいるときにそういうドラマが流れていると、なんだか気恥ずかしくなってしまう。本屋で少女漫画を買うのも恥ずかしくてできない。もちろん、自分のことを誰かが気にしているとは思わない。本屋の店員も、女子高生が少女漫画を買ったくらいで何かを思うはずもない。そんなことはわかっている。だが、恥ずかしいものは仕方ない。そういう性分なのだから。

「でも、好きな人ができたらきっと幸せやろうなって思うけどなあ」

緑輝がそう言って、いつものように無邪気に微笑む。

学校からの帰り道。二人でのんびり駅へと向かいながら、葉月と緑輝はそんな話をしていた。緑輝は葉月とは対照的に、恋愛話が大好きだ。

「そんなん言っても、緑だって好きな人いたことないんやろ？」

「なーいーけーどー、でも、そういうもんやんか」

「そうなん？」

胡散臭げな視線を送る葉月に、緑輝はすねたように唇をとがらせた。

「そうやって。漫画ではみんなそうやもん」

「漫画の世界だけやろ」

「そうかもしれんけどー、そう思いたくないっていうんが乙女心ってやつやんかー」

「ふうん、まあそういうもんなんか」

「そういうもんなんやって」

力強く言い切られ、葉月はしぶしぶ納得することにした。緑輝はスクールバッグをぎゅっと抱き締めると、うっとりとした口調で言った。

「緑ね、中学のころは女子校やったから、いまみたいに普通に男の子と同じクラスにいるだけで、なんかちょっとドキドキしちゃう」

「えー、アンタ普通に馴染《なじ》んでるやんか。隣の男子とかともしゃべりまくってるし」

「普通に見えてるだけやって。ほんまはめっちゃ緊張してるの」

「へー」

「うわ、リアクション薄っ！」

こちらの反応が不満だったのか、緑輝は頬を膨らませた。葉月は苦笑しながら、足を一歩先へと進める。緑輝は背が小さい。小さな歩幅で一生懸命こちらに並ぼうとするその姿は、小動物を連想させてなんだか愛らしい。

「で、緑は好きな人できそうなん？　話すだけでドキドキするんやろ？」

葉月の問いに、緑輝は考え込むようにバッグごと腕を組んだ。

「それがね、なーんかピンと来うへんねんなあ」

「なんやそれ」

呆れた葉月に、緑輝は「だってー」と言い訳めいた言葉を発した。

「緑、実際どうなるかなんて全然わからへんねんもん。こういうのは多分、人生の先輩に聞いたほうがええよ！　あすか先輩とか」

「えー、あの人が恋愛してるとことか想像できひん」

「というか、なんかいろんな人をはべらせてそうやね」

いったい何を想像したのか、緑輝の顔がいきなり赤くゆで上がった。ころころと目まぐるしく表情が変わるため、彼女の顔は見ていて飽きない。葉月はクククッと喉を鳴らし、緑輝の背中を軽く叩いた。

「緑もあすか先輩みたいなんを目指せば？」

「無理やって。だってなんか、あすか先輩ってあだるてぃーな感じするもん」

「確かに」

あすかがときたま放つあの妖艶《ようえん》な空気は、葉月の苦手とするところだった。なんというか、蛇ににらまれた蛙《かえる》のような気分になるのだ。取って食われそうというか、呑み込まれそうというか。

そうやなくてね、と緑輝が言葉を続ける。

「もっとピュアな恋がしたいの。一緒にいるだけで心臓がぎゅーってなって、うっかり手が重なってドキッ！　みたいな」

そう夢見心地で語る緑輝に、葉月は呆れ顔で告げた。

「……アンタ、少女漫画の読みすぎなんちゃう？」


——そう、そんなことは少女漫画の世界のなかだけなのだと、葉月はその瞬間まで思っていたのだ。

「加藤《かとう》、それ一人やと重ない？」

チューバ入りの楽器ケースを一人で抱え込んでいると、階段前で秀一《しゅういち》に声をかけられた。葉月は顔を上げ、声の主へと視線を送る。塚本《つかもと》秀一。彼は中学時代から吹奏楽部に所属しており、一年生ながらトロンボーンパートで活躍している。噂によると、かなり演奏が上手いらしい。

サンフェスに向けての練習のため、部員たちは皆、中庭へと楽器を運ぶのに忙しかった。葉月自身は初心者のため本番で演奏はしないが、これからのことを考えて楽器を持って動く練習をすることになっている。初心者は初心者だけでまとまって練習するからな、という二年生の指導係の言葉を思い出す。

目の前の同級生は、先輩たちに交じって練習するのだろう。久美子も、緑輝もそう。自分とは違って、どんどんと先へ進んでいく。

「いや、大丈夫やで。ゴロゴロついてるし」

葉月はそう答えて、彼の申し出をやんわり断った。チューバの楽器ケースの端にはキャリーバッグのように小さな車輪がついている。平地を進むときは、ケースを傾けて動かすのだ。

「うちはいいから、ほかの人のとこ手伝ってやってよ」

「いやあ、それがもうほとんど運ぶもんなくてさ」

それに、と秀一は平気な顔で言葉を続けた。

「階段じゃゴロゴロは使えへんやんか。持つよ」

至極正論を告げられ、葉月は断る理由を失った。本当のことを言うと、葉月は人を頼るのが苦手だ。自分はほかの女子よりも力があるし、頼るよりは頼られたい。そう常日ごろから考えている葉月にとって、秀一の申し出はなんだか胸をざわつかせるものだった。

「じゃあ、下のほう持ってくれる？」

「りょーかい」

葉月の言葉に、秀一は素直に従った。楽器ケースを横にごろんと倒し、その両端を二人で持つ。正直なところ、秀一なら楽器を運ぶのは一人でもたやすいだろう。しかし自身の楽器を完全に他人任せにするのは、葉月の気持ちが許さなかった。

「加藤って高校から吹部入ったんやろ？　チューバってキツない？」

　階段を慎重に下りながら、秀一が尋ねてくる。

「最初はトランペットがよかってんけど、いまは結構おもろいなって感じるようになったかな。塚本はずっとトロンボーン？」

「いや、中学時代はホルンやったから、トロンボーンは高校からやで」

「えっ、そうなん？」

　驚いて、葉月は思わず足を止めた。動きに釣られ、秀一もまた足を止める。

「高校からやのにめっちゃ上手いな。うち、久美子みたいにずっと同じ楽器やってたんやと思ってた」

「昔からトロンボーンやりたくってさ。俺、ジャズトロンボーン好きやから」

　そう言って人懐っこい笑みを浮かべる秀一に、葉月の心臓がギクリと跳ねた。なぜだか急に暑くなってきた。火照《ほて》る頬を隠そうと、葉月は何げなさを装って楽器ケースを凝視する。

　あ、こんなところに傷ができてる。どっかにぶつけたんかな。

「そこ、段差あるし気ぃつけや」

「あ、うん」

秀一に言われ、葉月は慌てて辺りを見回す。その行動が可笑《おか》しかったのか、彼は口元に小さく笑みを浮かべた。

「ほい、お疲れ」

ようやく階段を下り終わり、秀一は楽器ケースを立たせるようにして置いた。その拍子に、彼の指が微かに葉月の指へと重なった。皮膚と皮膚が接触する。その瞬間、葉月は反射的に手を引っ込めていた。全身の血が顔に集まっているような気がする。込み上げてきた羞恥心を振り切るように、葉月はわざと声を張り上げた。

「手伝ってくれてありがとな！」

突如叫んだ葉月に、秀一は少し驚いたような表情を浮かべた。

「いや、べつにこれぐらいどうってことないけど」

「めっちゃ助かった」

ならよかった。そう言って、秀一はへらりと笑ってみせた。

「おーい、塚本。飯食おうぜ」

廊下の端から男子部員がひらひらとこちらに手を振っている。彼は手を上げることでそれに応えると、「それじゃ」とそのまま向こう側へと駆けていった。

彼の後ろ姿が見えなくなるまで、葉月はそこに立ち尽くしていた。

サンフェスも終わり、部活は本格的にコンクールを目標に見据えて活動を開始していた。A編成のメンバーをオーディションで決めると滝が言ったとき、教室はひどい騒ぎとなった。葉月は隅のほうでそれをぼんやりと眺めていた。正直、Aのメンバーだとか全国だとか、初心者の自分にはほど遠い話だ。そんなことを考えていたものだから、葵が退部すると言い出したのには驚いた。葵といえばサックスパートではそこそこ人望のある人物で、演奏の技術も優れていた。

この人、ほんまに部活辞めてしまうんやろうか。もったいない。

そう思い巡らしていると、出ていった葵を追って、部長と久美子まで教室をあとにしたものだから驚いた。久美子ってば、いったい何やってるんや。そう心のなかでつぶやいたつもりだったのだが、どうやら声に出ていたらしい。緑輝がこちらを見て首をひねった。

残された部員たちは、互いに顔を見合わせて動揺を隠せないでいる。ざわざわと揺れる音楽室内の空気を一変させたのは、やはり副部長のあすかだった。彼女は音楽室の正面に立つと、軽く両手を打ち合わせた。それだけで、教室が一気に静まり返る。皆の視線があすかのほうへと向けられた。その様子を、滝が感心したように眺めている。

「はーい、集中集中。みんな気になるのはわかるけど、とりあえず今日はこれで解散な。一年の教室で保護者向けの集まりをしてはるから、今日は音出し禁止やで。明日からはオーディションに向けてばっちり練習するようにしてな」

「はい」

三年生のなかには不満を感じている者も多いだろうに、それでも皆がしっかりと返事をした。最初のころの態度とは大違いだ。葉月は滝のほうへと視線を送る。やはり、ここまで変わったのは顧問の力が大きいのだろう。彼はあすかと何やら話し込むと、そのまま教室をあとにした。その背中が少し急《せ》いているようにも見えて、葉月は首を傾げた。何か急用でもあるのだろうか。

部長が戻らないまま、今日の部活動は解散となった。解散の指示を受けてもなお、音楽室はざわついている。あすかがそのまま教室を出ていってしまったため、葉月はどうしていいかわからず緑輝のほうを見た。彼女は考え込むように、うーんと首をひねっている。

「久美子ちゃん、葵先輩と仲良かったやんな。確か」

「ああ、そういやサンフェスの練習のときもなんかしゃべっとったな」

「そうやから追っかけていったんかなあ。戻ってくるまで待っといたほうがいいやろうか」

「いつ戻ってくるかわからんしなあ」

時計を一瞥し、葉月はため息をついた。もしかしたら込み入った話をしているのかもしれない。メモでも残して帰るべきか、それとも待っておくべきか。

「あの子なら今日は別の子と帰るから、先帰っててもいいよ」

唐突に会話に割り込まれ、葉月は面食らった。見ると、声をかけてきたのはトランペットパートの高坂麗奈だった。入学式では新入生代表として壇上に立っており、楽器もプロ級に上手い完璧美少女だという噂だ。

「あの子って、久美子ちゃんのこと？」

緑輝の問いに、麗奈がうなずく。彼女はわずかに目を細めると、音楽室の入り口へと視線を向けた。狭い扉は、帰宅する部員たちで混雑している。そのなかには談笑している秀一の姿もあった。

「そ。先約があるらしいから」

「そうやったんやあ。ありがとう、高坂さん」

緑輝がにっこりと屈託のない笑みを浮かべる。麗奈はつんとした表情のまま、べつに、とだけ言った。長い黒髪がさらりと揺れる。彼女は表情ひとつ変えず、そのまま二人のもとを立ち去った。歩き方ひとつにしても、なんだか威圧感がある。

「高坂さんっていい人やねえ！」

隣にいた緑輝が無邪気に言葉を発する。そうかあ？　と葉月はなんだか毒づきたくなった。

「なんかおっかないやんか」

「そんなことないって。絶対いい子やと思う。久美子ちゃんの友達なんやし」

「あぁ、まあ、うん。そうかもな」

まっすぐな瞳で見つめられ、葉月は内心で舌打ちしたくなった。緑輝といると、ときおり自身の狭量さを突きつけられているかのように感じる。

「じゃ、今日はひとまず帰ろっか。久美子ちゃんには明日、話聞こ」

そう言って、緑輝が葉月の腕を取る。それに引きずられるようにして、葉月は音楽室をあとにした。


駅へ着くなり、緑輝はその幼さの残る手を伸ばすと葉月の腕を引っ張った。緑輝はにこやかな表情を浮かべたまま、自身の帰宅するほうのホームへと葉月を誘導しようとする。

「ねえねえ、ちょっとうち寄っていかへん？」

「えー、緑の家って微妙に遠いねんけど」

「いいやんかー。葉月ちゃんと一緒におしゃべりしたいねん、お願い！」

そう言って、緑輝は両手をぱちんと合わせた。その必死さに、葉月は思わずうなずいてしまう。こちらが承諾したことに、緑輝は喜びの表情を浮かべた。そのまま、彼女は木製のベンチへと腰かける。その足が彼女の機嫌を示すように、ブラブラと楽しげに揺れている。それを一瞥し、葉月は緑の隣へと腰かけた。反対側のホームに緑色の電車が颯爽と滑り込んでいく。それをぼんやりと見送りながら、葉月はバッグからペットボトルを取り出した。今日の朝、わざわざ麦茶を詰めてきたのだ。

「ねえ、葉月ちゃん」

お茶を飲んでいると、緑輝が妙に真面目な顔で、こちらをのぞき込んできた。口が塞がっているため、葉月は視線だけで返事する。緑輝は一瞬ためらうように口をつぐみ、それから意を決したように尋ねた。

「葉月ちゃん、好きな人できたよね？」

その台詞に、葉月は思わず咳き込んだ。ペットボトルが手のなかでうろたえたように揺れている。葉月は大きく深呼吸することでなんとか咳を抑えると、それからゆっくりと緑輝に尋ねた。

「なんなん、いきなり」

緑輝は少し興奮している様子だった。頬がほんのり赤らんでいる。

「だって、葉月ちゃん変わったもん。鏡で前髪とか気にするようになったし」

「そんなん前からやし」

「ヘアピンとかも可愛くなってるし」

「たまたま買い物に行ったときに買っただけやし」

「しょっちゅう六組の前通ってるし」

「そ、それは……ほら、六組の子に用事があるからってだけやし」

我ながら苦しい言い訳だった。緑輝が胡散臭そうにこちらを見ている。

「その友達ってだあれ？」

「あー、いやあー、えっとー……」

言葉を詰まらせた葉月に、緑輝が呆れたようにため息をついた。

「もう、嘘《うそ》つくならもっと上手にやらなあかんよ」

その言葉に、葉月は唇をとがらせる。

「そんなん、緑輝が意地悪するからやで。見逃してくれてもええのに」

「あー！　サファイアって言った！　あかんって言ってるのに」

「べつに、名前で呼んだだけやんか」

「うっそー、いまの嫌がらせでしょ！」

緑輝はそう言って、ぶんぶんと足を揺らした。爛々《らんらん》と輝くその瞳からは、強い好奇心を感じる。これはどうやら、ごまかされてはくれないみたいだ。葉月は観念したように息を吐くと、それから緑輝のほうに向き直った。

「好きかどうかはわからんけど、でも、まあ、気になる人ならいる」

「だれだれ？」

「えっ、それも言わなあかんの？」

「もちろん！」

顔から火が出そうだ。こんな話題、さっさと終わらせてしまいたい。思わず目を逸らした葉月に、緑輝がニンマリと楽しげな笑みを浮かべる。

「珍しいなー、葉月ちゃんが照れるやなんて」

「照れてへんわ、あほか」

「あほちゃうもーん。あ、待って。自分で推理してみるから」

「推理って……」

なんだか完全に遊ばれているような気もする。緑輝はうんうんと考え込むと、それからひどく真剣な顔で言った。

「もしかして、後藤先輩とか」

「そんなわけないやん」

「えー、じゃあ、西岡《にしおか》くん」

「誰やねんソイツ」

「葉月ちゃん知らないの？　二組の図書委員だよ」

「いや、マジで知らんわ。むしろなんでソイツやと思ったん？」

「そうやったらおもしろいから！」

あまりにも無邪気にそう告げられ、葉月は返す言葉を失った。そもそも恋愛に関する話で、緑輝に冷静な対応を求めるほうが間違っているのかもしれない。冷やかされそうだし、相手はしっかり隠しておこう。そう葉月が心のなかで決意している隣で、緑輝が「あ、」と短い声を漏らした。

「電車来たよ！」

緑輝が立ち上がったのに釣られて、葉月もまた重い腰を持ち上げる。車内は時間帯のせいか、やや混雑していた。座る席を見つけることができず、二人は扉の近くに立つことにした。吊り革を握る葉月の隣で、緑輝が窓の外を指差す。

「あれ、久美子ちゃんや。葵先輩との話は終わったんかな」

その言葉に、葉月もまた顔を上げる。見やると、スクールバッグを肩に提げた久美子が気だるげな様子でホームに立ち尽くしていた。その様子を見るに、こちらには気づいていないようだ。先約があると聞いていたが、彼女の周囲に人影はなかった。

「久美子ちゃん、こっち気づくかな？」

そう言って、緑輝は窓越しに久美子へと手を振った。葉月もそれに続こうと手を持ち上げ、しかしその動きは不自然な位置でぴたりと止まった。視界に新たな人間が映ったからだ。

「あ、あれ塚本くんやね」

ガラスに顔を近づけ、緑輝が無邪気に告げる。見ると、秀一が久美子に何やら話しかけているところだった。彼女と話す彼の横顔はひどく楽しげで、それを目にした瞬間、葉月の心臓はギクリと跳ねた。葉月は無言のまま、上げかけた手を静かに下ろす。

「先客って塚本くんのことやってんな」

それやったら邪魔したらあかんよね。そう告げる緑輝の声は、どこなく弾んでいるようにも聞こえた。その脳内でいったいどんな妄想を繰り広げているのか、緑輝ははしゃぐように声音を紡ぐ。

「あの二人、付き合ってるんかなあ。久美子ちゃんってばひどい。全然そんな話してくれへんかったのに」

「…………」

「それにしても、塚本くんって背ぇ高いやんなあ。前はそこまで高くなかった気もするけど、伸びてるんかな」

「…………」

「トロンボーンかあ。緑も一回吹くタイプの楽器やってみたいなあ」

「…………」

「ちょっとー、葉月ちゃん？」

ぺちぺちと緑輝に頬を叩かれ、葉月はそこで我に返った。視線をホームから無理やり引き剥がし、なんとか目の前の少女のほうを向く。扉が閉まる音が響き、まもなく車体は滑るように動き出した。

「あ、ごめん。聞いてへんかった」

「えー！」

緑輝は呆れたようにため息をつき、それから何かがひらめいたかのようにいきなり自身の口を手で塞いだ。大きな瞳が、さらに大きく見開かれる。突然の行動に、葉月は驚いて一瞬だけ身を引いた。

「葉月ちゃん、」

緑輝は飛びつくように葉月の肩へと手を置くと、それからゴクリと唾を呑み込んだ。いつもとは違う友人の様子に、葉月もまた緊張で息を呑む。緑輝は葉月の瞳をじっと見つめたまま、静かな声で尋ねた。

「もしかして、葉月ちゃんの気になる人って……塚本くんなん？」

その言葉に、葉月は身を硬くした。返事はしていないものの、その反応が答えだった。緑輝は過ぎていった駅の方向へ視線を送ると、それから大きく息を吐いた。なんともいたたまれない顔をして、彼女は歯切れの悪い言葉を紡ぐ。

「あー、そうやったんかあ。うん、それは、その、うん。そっか……」

「そういう反応やめてや。うちだって、いまのいままで久美子が塚本と仲いいとか知らんかってんから」

「そ、そうやんなあ」

さっきまでのテンションはどこへやら、緑輝は妙に大人しくなってこちらを労《いたわ》るような表情を浮かべている。先ほどの二人の姿を瞼の裏に思い返し、葉月は大きくため息をついた。あの二人、なんだかすごく親密そうだった。少なくとも、ただの友人だとは思えない。

あからさまに落ち込んだ葉月の反応を見てか、緑輝が唐突に拳を握った。周囲の乗客を気にしたのか、彼女は小声で葉月に訴えかけた。

「あかんよ葉月ちゃん！　落ち込むのはまだ早い」

「早いとか言うけどさー、でもさー」

思わず愚痴っぽくなってしまった葉月に、緑輝はブンブンと首を横に振った。茶色を帯びた髪がふわふわと揺れ動いている。

「パート練習のときにでも、久美子ちゃんに聞いてみよ！　ほら、めっちゃ仲いい友達なだけかもしれへんしさ」

そう言って、緑輝は葉月の手をギュッと握り締めた。葉月はうつむきながらも、その手を握り返す。

「あー、まあ、そうやな。たまたま二人で帰ってただけかもしれへんし」

そうは言いながらも、葉月の心のなかでは疑念がひょっこりと顔を出す。一緒に帰る約束をするような仲なのに、ただの友達なんてことはありえるのだろうか。それに、もし二人が付き合っていなかったとして、久美子も秀一を好きだったとしたらどうしよう。そうなった場合、

「これが三角関係ってやつかあ」

こちらの思考を読み取ったように、緑輝がしみじみとつぶやく。その声はひどく落ち着いたものだったけれど、ほんの少しだけ好奇心が入り混じっているような気がした。

六　好きな人の好きな人（後編）

チューバという楽器を見つめてみる。開口部は非常に大きく、朝顔のような形をしている。金色の表面に、複雑になされた管の配置。ピストンを押す感触はほかの楽器よりもズシリと重い。ベルから吐き出される音は低く、ときおり周りの物がビリリと震える。ソロやメロディーなどはほとんどなく、まったく目立たない。

「やけど、絶対に必要な楽器やで」

そう言って、あすかがこちらに楽譜を手渡す。入部してすぐのころ、あすかはこうして直々に初心者用の楽譜を葉月へと手渡してくれていた。ヘ音記号が記された一枚の紙を、葉月はおそるおそる受け取る。セーラー服の袖口からあすかのほっそりとした手首がのぞいた。

「そうなんですか？」

初心者である葉月に、あすかはいろいろなことを教えてくれる。彼女の長い黒髪が肩からするりと流れるのをぼんやりと眺めながら、葉月は無意識のうちに楽譜の端を握り込んだ。

「普段葉月ちゃんが意識してないだけで、いろんな曲でチューバは活躍してるよ。よくよく聞いてみ」

「ほんまですか？」

「ホンマホンマ」

あすかはそう言って目を細めた。その長い指が、紙の表面をするりとなでる。

「トランペットとかトロンボーンとか、確かに目立つ楽器は活躍がわかりやすい。けど、楽器って自分が目立つために吹くわけやないからね」

「じゃあ、なんのために吹くんですか」

葉月の問いに、パートリーダーは軽い調子で答えた。

「そりゃあ、音楽を作るためやろ」

その言葉に、葉月は首を傾げた。彼女の言っている意味が理解できなかったのだ。

「音楽を作る？　どういう意味です？」

あすかは笑った。

「べつに、そのまんまの意味やで。いろんなやつがいろんな楽器使っていろんなフレーズを演奏して、そうやってひとつの音楽ができる。それってめっちゃおもろいと思わん？　楽器を吹くっていうのは、その大きなまとまりを構成する小さな歯車になるってことやとうちは勝手に思ってるけどね」

「歯車……」

その言葉に、葉月はあまりいい印象を持ってはいなかった。表情を曇らせたこちらの内心を察してか、あすかがそっと葉月の肩に手を置いた。

「チューバは目立たへんけど、重要な歯車やで。この楽器が欠けると、曲に深みがなくなるから」

そう言って、彼女はわずかに目を細めた。まるで言い聞かせるように、その唇が言葉を紡ぐ。これだけは覚えておきや、と彼女は言った。

「目立つものだけがすべてやないし、目立たへんからといって不要というわけでもない。むしろ、意識しいひんと気づかんような当たり前のもんが、意外に大事やったりするんやで」


黒いアスファルト製の道路が、今日はなぜか少しだけ広く感じた。いまだ夕焼けの残る空に、仄白《ほのじろ》い月が漂っている。今日の会話を思い出し、葉月は意味もなく自身の手のひらを握り締める。口から漏れる吐息はいつの間にか憂いを帯びていた。ため息と化したその息が吐き出されるのを、他人事《ひとごと》のように自身の耳は聞き流している。

「でも、よかったね」

隣を歩く緑輝が、ひどく無邪気な笑顔をこちらに向ける。葉月は彼女から視線を逸らし、ただ足元に広がる黒い地面を見つめていた。

「久美子ちゃんと塚本くん、ただの幼馴染《おさななじ》みやって。三角関係にならへんくてほんまよかった」

休憩時間中での、久美子との会話を思い出す。確かに、彼女は二人の関係をそう説明していた。だけど、その言葉をどこまで信じていいのだろう。本当に彼女は秀一のことをなんとも思っていないのだろうか。

「葉月ちゃん、気にしてるん？」

緑輝の台詞に、葉月は思わず足を止めた。彼女は大きな瞳でこちらをまっすぐに見据えている。その視線の真剣さに、葉月はぐっと息を呑んだ。

「気にしてるって、何が」

「久美子ちゃんのこと」

葉月は言葉に詰まった。なんと返してよいかわからず、ただ途方に暮れたように緑輝のほうを見やる。彼女はじっとこちらを見ていた。まるで、葉月自身すら知らない感情を引きずり出そうとするみたいに。

「こういうとき、どうしていいかわからへんねん」

つぶやいた言葉は、葉月の本心だった。好きとか嫌いとか、そういうややこしい話が葉月は苦手だ。仲のいい友人同士が恋愛のせいであっという間に不仲になっていくさまを、葉月はこれまで何度も見てきた。同じ人を好きになった。彼女がいるって知っているのに、その男子と仲良くした。葉月にとってはくだらない理由でも、友情というのは簡単に決裂するものなのだ。

葉月は久美子が好きだ。ちょっとぼけっとしているところも、少しばかりお人好し

すぎるところも、みんな好き。もしも秀一と久美子を天秤《てんびん》にかけるなら、葉月は間違いなく後者を選ぶ。だから、

「もし久美子が塚本のこと好きなんやとしたら、うちは諦めたほうがええんやないかなって思ってる」

　その言葉に、緑輝は目を細めた。小さな指が鞄の取っ手をぎゅっと握り締める。彼女は不服そうに頬を膨らませると、それから一歩だけ葉月のほうへと歩み寄った。茶色を帯びた瞳に、葉月の不安げな顔が映り込む。緑輝は威勢よく口を開いた。

「それ、久美子ちゃんに失礼やと思う」

　予想外の台詞に、葉月は目を見開いた。緑輝はどうやら怒っているらしく、その眉間には深く皺が寄っている。

「だって、それって単に久美子ちゃんを言い訳にしてるだけやん」

「いや、言い訳のつもりはないけど」

　そう言いながらも、ついつい口ごもってしまった。こちらの顔をのぞき込むように、緑輝がずいと近づいてくる。

「葉月ちゃんは久美子ちゃんに気ぃ遣って塚本くんのこと諦めるって言ってるんやろ？　そんなん、ただの自己満足やんか。もし緑が久美子ちゃんの立場やったら、友達にそんなんされんの絶対いや」

緑輝がここまで言い切るのは珍しい。浮かぶ汗を拭うように、葉月は自身のスカートに手のひらをこすりつけた。緑輝は続ける。

「だいたい、好きな人がかぶったって理由で久美子ちゃんが葉月ちゃんのこと嫌いになると思ってるの？　緑、それって久美子ちゃんにめちゃくちゃ失礼やと思う」

「でもさ、」

「塚本くんのこと、好きなんでしょ？」

葉月の言葉を遮り、緑輝は問いを口にした。ストレートなその問いかけに、葉月はぐっと唾を呑んだ。緑輝は目を逸らさない。まっすぐな視線が、葉月へと突き刺さる。

「だったらそれでいいやんか。葉月ちゃんはいったい何を気にしてんの？　緑、恋愛とかようわからへんけど、でも、他人を言い訳にすんのは絶対に間違ってると思う」

そうひと息に言い切って、緑輝はようやくそこで息を吐いた。視線が外され、葉月はわずかに脱力する。自身の口から大きく息が漏れ、葉月はそこで自分が息を止めていたことに気がついた。

先ほどの険しい表情はどこへやら、緑輝は顔を上げるとにこりといつものように笑ってみせた。茶色がかった髪がふわふわと揺れ動いている。彼女は踵《かかと》を浮かせると、それからおもむろに腕を伸ばした。困惑している葉月の頬を、緑輝の小さな手のひらが挟む。ぺちり、と間の抜けた音がした。

「大丈夫やって。どうなっても緑がついてるから」

彼女の睫毛が柔らかに震える。その手は温かく、春の陽だまりのようだった。葉月は目を伏せ、それから絞り出すような声でつぶやいた。

「……ありがと、緑」

その言葉に、緑輝はにこやかに微笑んだ。


祭りに彼を誘おう。そう決心するよう葉月の背中を押したのが、あのときの緑輝の言葉だった。夕焼けに染まる廊下を、葉月は駆ける。部活の活動時間が終わり、部員たちは皆、一様に楽器室へと向かっていく。

視界に彼の姿が入った瞬間、自身の心臓がどっと跳ねた。火照る頬をごまかすように、葉月は大きく息を吸い込む。

「あ、塚本！」

秀一の背中越しには、麗奈と久美子の姿も見えた。久美子の表情はこちらからは陰になっていてよく見えない。ただ、麗奈の腕をつかむ彼女の指に、ぎゅっと力が込められたのがわかった。

「加藤？」

秀一が少し驚いた様子で振り返る。短く切られた髪から、彼のやや大きめな耳がのぞく。とてもじゃないが、正面からは顔を見られそうにない。ばくばくと暴れる心臓を気力でなんとか押さえ込み、葉月は彼に視線を向けないままその腕をつかんだ。

「ちょっと話あんねんけど、こっち来て」

「え、でも、いま久美子と話してんねんけど」

頭上から、少し困惑した声が落ちてくる。それでも、葉月は顔を上げられなかった。恐ろしかったのだ。その表情のなかに、嫌悪の感情を見つけるかもしれないことが。

久美子が身じろぐ気配がした。

「私は大丈夫だよ？　ほら、行ってきなって」

「行っていいのかよ」

「いいって言ってるじゃん」

彼女の声は明るくて、普段となんら変わらないように葉月には思えた。廊下から差し込む光が自身の足元を赤く染め上げる。まっすぐに定規で引いたみたいに、影と日差しの境界がくっきりと分かれた。それを踏み越えるようにして、葉月は秀一の腕を引いた。彼は何か言ったけれど、葉月にそれを聞き取ることはできなかった。

「話って何？」

秀一の問いに、葉月はぐっと言葉を詰まらせた。自身の焦りをかき消すように、必死になって足を動かす。

「いや、ちょっとここでは話せへんのやけど」

「じゃあどこで話すん？」

「うーん、三階の階段前とか。あそこなら人おらんし」

葉月の言葉に、秀一は黙って従った。多分、彼はもう気づいているのだろう。葉月の耳が赤いことや、平静を装う声がひどく震えていることを。それでも、彼は何も言わなかった。それが何を意味しているのか考えたくなくて、葉月はただひたすらに歩みを進めた。

「おぉ、ほんまに人おらんな」

階段前まで来た彼は、少し感心した様子で目を見張った。彼の唇から漏れる吐息には、微かに緊張の色がにじんでいた。これから何が起こるか、察しているのだろう。癖なのだろうか、少し大きめのスラックスに、秀一は自身の手のひらを何度もこすりつけていた。

葉月はつかんでいた腕を離すと、それから大きく深呼吸した。気を引き締めようと、自身の頬を両手で軽く叩く。突然の行動に、秀一は驚いた様子で葉月のほうを見た。

「ど、どうしたん？」

「話があります」

真剣な表情で告げる葉月に、秀一が唾を呑み込んだ。やや出っ張った喉仏がゴクリと上下する。

「五日のあがた祭り、うちと一緒に行ってくれませんか」

恐ろしくて、葉月は顔を上げられなかった。ただひたすらに、自身の上履きを凝視する。影を踏みつけるようにして、葉月はそこに立っていた。洗濯しすぎたせいか、紺色のソックスはほんの少し色あせて見えた。

「あー、ごめん」

おそるおそるという具合に、ひどく静かな声が落とされた。葉月はゆっくりと顔を上げる。秀一は少し困った様子で、眉尻を下げた。うろたえているのか、その視線が所在なげに宙をさまよっている。

「俺、祭りには行くつもりないから」

「なんで？」

「なんでって……」

葉月の問いに、秀一は気まずそうに口ごもった。しんとした静寂が辺りに漂う。夏だというのに、廊下は少し寒かった。ひんやりとした空気が葉月の首筋をなでる。

「お願い。そのときに、話したいことがあんの」

葉月は言った。秀一は困惑げに首を振る。傷つけないように、彼が言葉を選んでいるのがわかる。

「いやでも、俺、そういうの、」

「お願い」

その言葉を遮り、葉月は彼の腕を再びつかんだ。

「行くだけでいいから」

吐き出した声はやけに切迫した響きをはらんでいた。秀一が動揺した様子で瞳を揺らす。彼の息を呑む音が、人けのない廊下にぽつりと落ちた。

「……わかった」

その言葉に、葉月は無意識のうちに自身の口元を緩めていた。前髪をかき分け、葉月は意味もなく瞬きを繰り返す。

「ありがと、そう言ってくれて」

「いや、べつに礼言われることとかしてへんし」

言い訳のようにそう言って、秀一はこちらから目を逸らした。その表情は決して明るいものではなかったけれど、葉月はそれでも満足だった。

「当日は、駅前に七時集合な」

その言葉に、彼は静かにうなずいた。

葉月は恋愛が苦手だ。恋とか愛とか、そういうチャラチャラしたものが好きじゃない。だけど、それよりももっと苦手なのが、同じ状態をだらだらと続けることだった。好きという感情を抱き続けて、うだうだとしたままなのが嫌だ。だから、早く結果が知りたい。それがたとえ、どんなものでも。

「待たせた？」

「いや、全然」

駅に着くと、秀一はすでにそこに立っていた。いつもの制服と違い、今日の彼は青いチェックシャツと黒のジーンズを身にまとっていた。お世辞にもオシャレとは思わなかったが、特段落胆することもなかった。服に対して無頓着なのは、自分も同じだからだ。慣れないスカートの裾を指先で引っ張りながら、葉月は照れを隠すように笑みをこぼす。

「うち、あがたさんに男子と行くの初めてやわ」

あがた祭りは宇治では有名な奇祭だった。県《あがた》神社の近くにある小学校などは、祭りに合わせて授業が早めに終わったりする。小学生のころから、葉月も友人と一緒によくこの祭りに参加していた。ハズレくじばかりを引いて、あっという間に一文なしになってしまったのはいい思い出だ。

「俺も初めてやなあ。こういうの、あんま慣れてへんから」

緊張しているのか、秀一の表情は普段より硬かった。彼に会うまではいっそ逃げてしまいたいと思うほど心臓が痛かったのだけれど、こうして会話をしていると身構えていた自分がなんだか馬鹿らしくなってくるから不思議だ。普段どおりでいいんだ。普段どおりで。自分に言い聞かせるように、葉月は内心で同じ言葉を繰り返す。

隣を歩く彼は、いったい何を考えているのだろう。顔を見上げても、その表情からは何もつかめない。ぼんやりとその横顔を眺めていると、突如としてその視線がこちらに向いた。

「なんか食べたいもんある？」

「え、あ、一本漬け、とか」

顔を見つめていたのがばれただろうか。動揺したせいか、返した声は語尾が裏返っていた。自身の顔が羞恥で火照っていることに、葉月は気づかないふりをする。

「あー、ええな。俺も食おうかな」

秀一はそう言って、へらりと笑った。

葉月たちは人の流れに乗ると、そのまま屋台を見て回った。流水に冷やされたきゅうりを指差し、葉月は言った。

「あれ、買っていい？」

「もちろん」

きゅうりの一本漬けは、京都の祭りではよく見かける品だ。普段はあまり漬け物を食べない葉月だが、この一本漬けだけは別物だった。

「すみませーん、一本ください」

「あいよー」

店主は強面《こわもて》の男で、葉月は少々面食らった。彼は秀一を一瞥すると、愛想のいい笑みを浮かべる。

「彼氏さんは食べへんの？　特別にカップル割引してもええけど」

「いやいや、カップルやないんで」

店主の言葉を、秀一がやんわりと否定した。膨らんだ高揚感に、ぶすりと針が刺さる。葉月は愛想笑いを繕いながら、店主から一本漬けを受け取った。持ち手の部分から、水滴が滴っている。

「自分、空気読めへんなってよう言われん？」

店主が呆れたように言った。その台詞に、秀一は苦笑しただけだった。


屋台の立ち並ぶ通りを抜けると、途端に人通りが少なくなった。街灯が立ち並ぶ夜道を、二人は無言で歩いた。わたあめ、フランクフルト、かき氷。食べたものを脳内で列挙しながら、葉月はゆっくりと足を進める。秀一は先ほど買ったベビーカステラをひとつひとつ食べ進めていた。

「塚本さ、なんで祭りに行くの嫌やったん？」

葉月の問いに、秀一はごまかすように目を逸らした。

「あー、いやー……」

「言いたくない？」

「いや、そういうわけでもないんやけど」

秀一はそう言って肩をすくめた。ふーん、と葉月はそこで追及するのをやめた。道の向かい側から、楽しげなカップルの声が聞こえる。それを聞き流しながら、葉月は白線をたどるようにして歩いた。一時停止。道路に刻まれた文字が、なんとなく視界に入る。

不意に、秀一が足を止める。釣られるようにして、葉月もまた足を止めた。彼の視線は、川を挟んだ向こう側へと向けられていた。長い黒髪が、真っ先に目に入る。麗奈と久美子だ。思わず、葉月は自身の手を握り締めた。彼女たちはなぜか、屋台が並ぶ通りとは無関係なところから現れた。こちらには気づいていないのだろう。二人は何やら愉快げに話しながら、駅へと向かう人の流れへと合流した。人混みにかき消され、すぐに二人の姿は見えなくなる。

「……塚本？」

呼びかけると、彼はハッとした様子でこちらを向いた。ごまかすように、秀一は笑う。

「あぁ、ごめん。ちょっとぼーっとしてた」

彼が何を見ていたか。そんなの、考えなくともすぐにわかった。

「久美子のこと、気になる？」

その問いに、秀一は明らかに動揺していた。揺れる瞳を、葉月はじっと凝視する。

「べつに、そういうんじゃないし」

彼はそう言って、ベビーカステラを口に放り込んだ。そして、何かに急き立てられるようにカステラを咀嚼した。葉月は唾を呑み、それから彼のほうを見た。改まった態度に、秀一の眉間に皺が寄った。

「うちさ、アンタのこと好きやねんけど」

そう言った途端、秀一は激しく咳き込んだ。慌てたようにペットボトルのキャップをひねると、一気にそれをあおる。彼が一度落ち着くのを、葉月はただ黙って待っていた。

「あ、うん。いや、おう」

混乱が収まらないのか、要領をえない反応に葉月は頬を膨らませた。

「何その反応」

「いや、びっくりして」

「ほんまはわかってたくせに」

葉月の言葉に、秀一は少し気まずそうに自身の頭をかいた。

「いや、そうかもしれんとは思ってたけど、でも、勘違いやったらめっちゃ恥ずかしいなとも思ってて――」

「で、返事は？」

彼の言葉を遮り、葉月は言った。正直、これ以上ドキドキしたままでいるのは苦痛だった。こちらの心情を察してか、それとも別の理由があるのか、秀一がわずかに目を細めた。静かに、彼は息を吸い込む。唇から吐き出される声が、夏の空気を震わせた。

「……ごめん」

その言葉を聞いた途端、なんだか全身の力が抜けた。落胆と安堵《あんど》が入り混じった感情が、吐息のなかに溶けていく。そっか、と葉月は言った。自分でもなんと言っていいかわからなかった。ただ、結果を待つ苦痛から自身が解放されたことを察した。

冷える指先を、葉月はぎゅっと握り締める。そういえば、緑輝の手はいつだって温かかった。ふと、そんなことを思い出した。

「ひとつ聞いていい？」

やっとの思いで紡いだ声は、自分でも思っていた以上に普段どおりだった。なんだ、意外に平気じゃないか。そう思った。

「何？」

秀一が気遣うような目でこちらを見る。あの目は嫌だ。彼のこんな顔は、あまり見ていたいものではない。

「うちが誘ったときに最初に断ったのって、久美子が理由？」

「いや、そういうわけじゃないけど」

「ほんまのこと言ってよ。せっかくうちが勇気出して聞いてんねんから」

その台詞に、秀一は苦々しい笑みを口端に浮かべた。肩をすくめ、観念したように彼は言った。

「だってさ、あんまりいい気せえへんやんか。祭り一緒に行こうって誘っといて、別の女子と行ったら」

あの日、やはり彼は久美子を祭りに誘っていたのだ。なのに、彼女はうなずかなかった。一緒に帰るような仲なのに、どうして断ったのか。そこまで考えたところで、葉月は察した。久美子は、葉月を気遣ったのだ。だから、彼女は彼の誘いを断った。そう考えた途端、葉月の胸のうちにひどく苦い感情が込み上げた。

「アホやなあ」

漏らした声は、いったい誰に向けてのものだったのだろう。自分か、あの子か、それとも目の前の少年か。秀一は恥ずかしさをごまかすように、再びカステラを口に運んだ。逸らされた視線を逃さぬよう、葉月は彼の顔をのぞき込んだ。

「塚本、久美子のこと好きなんやろ」

突如として、その顔が赤くゆで上がる。あまりにもわかりやすい反応に、葉月はつい噴き出してしまった。彼は慌てた様子で首を横に振った。

「ちゃうって。アイツはべつにそんなんやないって」

「あー、もしかして自覚なしってやつ？」

「いや、ほんまに違うから」

「まあまあ、素直になりたまえよ」

余裕ぶってそう告げると、秀一は不服そうな顔のまま黙り込んだ。もしかして本当に自覚がなかったのだろうか。あんなに露骨に態度で示していたのに。そこまで考えて、ふと葉月は入部時のあすかの言葉を思い出した。

――むしろ、意識しいひんと気づかんような当たり前のもんが、意外に大事やったりするんやで。

もしかすると、秀一と久美子は近すぎる存在なのかもしれない。一緒にいるのが当たり前すぎて、互いに抱く感情に気づけないのだろうか。だとすると、幼馴染みというのは厄介な関係だ、と葉月はやや呆れ気味に考えた。

「あかんで塚本。久美子って鈍いんやから。積極的に行かんと」

「そんなもんわかってるわ。付き合い長いねんから」

反射的に言い返したのだろう。彼は自分の言った台詞に、気まずそうな顔をした。しゅんとうなだれるその姿がなぜだかひどく可笑しくて、込み上げる笑いを隠そうともせず葉月はケラケラと笑い出した。秀一がますます顔を赤くする。可笑しくて仕方ないのに、泣きたくなるのはなぜなんだろう。葉月は目に浮かぶ涙を拭い取ると、それからあっけらかんと言い放った。

「ま、久美子はうちの大事な友達ですから。二人がくっつくよう協力したるわ」

あのとき、気ぃ遣わせてしもうたし。つぶやいた声は秀一には聞こえなかったらしい。え？と彼が不思議そうに首をひねった。

「なんでもない！」

そう言って、葉月は笑ってみせた。その声に釣られたように、秀一もまた笑った。夜の空気に二人の笑い声が溶ける。それはひどく作り物めいていたけれど、二人とも互いに指摘しようとはしなかった。

七　犬と猿とおかん

「は？　目玉焼きにソースとかアホちゃう？」

「マスタードかけるやつにそんなん言われたくないんですけど」

「いやいや、マスタードはなんにでも合うから。あのピリッとした刺激が卵の黄身のまろやかさにマッチするわけ」

「そんなん言ったら、ソースの甘味だって白身の淡白さに合うんですけど」

「いや、合わんやろ」

「アンタがバカ舌やからそう思うんちゃう？」

「はあ？　アンタ喧嘩《けんか》売ってんの？」

「売ってますけど」

「よっしゃ、いっぺん表出ろ」

「それはこっちのセリフやし！」

　騒々しいいつものやり取りに、教室から生ぬるい視線が送られる。せっかくの昼食時間だというのに、いったい何をやっているのか。呆れを隠せず、梨子は思わずため息をついた。注目の的となっている夏紀と優子はそのことに気づいていないのか、口論を続けたまま教室の外へと出ていった。窓ガラスで隔てられているというのに、その声はいまだに教室内に聞こえてくる。あの二人の水と油っぷりには呆れるばかりだ。

「おーおー、やってますなー」

隣に座る恵美《えみ》が、そう言ってケラケラと愉快げな笑い声を上げた。ソフトボール部に所属する彼女は、中学時代からの梨子の友人だ。二年生になってから同じクラスになり、梨子はいつも彼女と昼食を摂るようにしている。夏紀とは一緒に食べることもあるけれど、食べないこともある。吹奏楽部という枠組みから離れ、普段の学生生活へと戻ると、梨子と夏紀にはそこまでの接点がなかった。もちろん、ほかのクラスメイトよりは自分は夏紀と親しいつもりだ。だが、積極的に話したり、一緒に行動したりするほどの友達ではない。その距離感を、梨子はときおりもどかしく感じてしまう。

「あの二人、毎回ああなっちゃうんだよね」

「部活でもあんな感じなん？」

「うん。一年のころからずっとそう」

ひと目見た瞬間から気の強いことがわかる夏紀はともかく、その可愛らしい容貌から、優子は入学してすぐのころは男子にそこそこの人気があった。しかしもはや日常茶飯事となった夏紀との口論の騒々しさと、尋常ではない香織への傾倒っぷりのせいか、いまやほとんどの男子が彼女とはあまり関わろうとはしなくなった。そんなマイナス要素を抱えていてもなお、たまに告白されているらしいから、優子という人間は異性からはかなり魅力的に映るのだろう。ミートボールを咀嚼しながら、梨子は消えていった二人のことを考える。

「なんかきっかけとかあんの？」

あまり興味のなさそうな顔をして、恵美がフランスパンを頬張っている。梨子は唇に箸の先を微かに当てたまま、少し考え込んだ。

「まあ、あるといえばあるんだけど……」

言葉を濁し、梨子は静かに目を伏せる。箸の先端から、つかみ損ねたトマトが転がる。

それは梨子たちが一年生だった去年の春、ちょうど吹奏楽部に入部してすぐのころだった。


「うち、吉川《よしかわ》優子っていうの。よろしくね、梨子！」

そう満面の笑みで言われ、梨子は曖昧な笑みを浮かべた。吹奏楽部に入部した日、梨子に最初に話しかけてきたのは優子だった。その屈託のない笑顔に、梨子はなんだか居心地の悪い気分になった。明るくて性格のいい人間というのは、ちょっとだけ苦手だ。なんだか自分がどうしようもない人間に思えるから。

「優子ちゃんは、なんで吹部に入ったん？」

「優子でいいよ」

すっぱりと言い放たれ、梨子はうっと言葉を詰まらせた。初対面の相手に呼び捨てというのは、梨子にとって少々ハードルが高い。こちらが言葉を詰まらせているあいだにも、彼女の話はどんどんと進む。

「うち、中学のころから吹部やねん。いまから新しいことを始めるのもなんやしね、とりあえず入るかって感じかなあ。梨子は？」

「私？　私はその、中学のころは料理部だったんだけど……」

「あー、わかるー。料理部っぽい」

「そ、そうかな？」

「うん。なんか、梨子って美味しそうやもん」

「え？」

なんだか奇妙な評価をされた気がする。思わず怪訝な表情になった梨子のことなどお構いなしに、優子はニコニコと笑っている。なんというか、変な子だ。そう心のなかだけで梨子はつぶやく。

「はーい、それじゃあ各自、自分の希望のパートに移ってください」

教卓で、三年生が何やら指示を出している。その言葉を聞くやいなや、優子は勢いよく立ち上がった。

「じゃあ梨子、またあとで！」

彼女はそう言うと、すぐさまトランペットパートのほうへと駆けていった。取り残された梨子は、どうしていいかわからずただ呆然とそこに立ち尽くした。サックス、ファゴット、パーカッション。いろいろな楽器の名前が口々に話されているのだが、彼らが何を言っているのか、初心者である梨子にはあまりよくわからない。

結局梨子は、集まっている新入生がいちばん少ないパートへと向かうことにした。ジャンケンや適性検査で別のパートに移されるのが嫌だったのだ。

「お、低音希望？　なかなか渋いね」

そうニヤリと笑ったのは、赤縁眼鏡の先輩だった。背の高い、威圧感のある美人だ。その腕のなかにあるのは確かユーフォニアムとかいう名前の楽器だ。

「うちは二年の田中あすか。低音パートの新入生の指導係やってる。まあ、これからよろしく」

そう言われ、梨子は慌てて頭を下げた。

「よろしくお願いします」

「あらー、ずいぶんと真面目そうやねえ。名前は？」

「あ、長瀬《ながせ》梨子です」

「ふーん、梨子ちゃん」

あすかはわずかに目を細めると、値踏みするように梨子の身体を上から下へと見下ろした。蛇ににらまれた蛙って、こんな感じなのだろうか。身をすくめながら、梨子はぼんやりと考える。

「初心者？　それとも経験者？」

「あ、楽器はリコーダーと鍵盤ハーモニカぐらいしかやったことないです」

「オッケー。じゃあ、梨子ちゃんはチューバ担当ということで」

「えっ」

唐突に自身の楽器を決定され、梨子は思わず目を見開いた。チューバって確か、いちばん大きい楽器だ。あんなの、自分に吹けるのだろうか。思考が顔に出ていたのか、あすかがケラケラと笑い声を上げた。

「大丈夫大丈夫。今年はもう一人経験者入るから」

「経験者ですか？」

「そう、コイツ」

そう言って、あすかは隣にいる男子学生の肩を叩いた。黒縁眼鏡の、ずいぶんと大柄な男だった。彼は無表情のまま梨子のほうを見ると、頭だけを小さく下げた。梨子も慌てて会釈する。

「コイツ、後藤卓也。梨子ちゃんと同じ一年やから」

「えっ、同い年なんですか？」

あまりにも馴染んでいたものだから、てっきり先輩なのだと思っていた。老け顔やし勘違いされてもしゃあないな、とあすかが再び笑い声を上げる。とそのとき、不意に梨子の後ろから気の強そうな少女があすかへと声をかけた。

「なんか、サックスの先輩からユーフォのほうに行けって言われたんですけど」

見ると、やや目つきの悪い女子生徒が不満そうな顔で梨子の隣に突っ立っていた。そのスカートの短さから、梨子は確信する。この子、不良だ。

「あー、サックスが定員オーバーやからこっちに回されてきたんやな。かわいそうに」

あすかはそう言って、ベルを逆さにするようにして自身の楽器を床へと置いた。

「アンタ、名前は？」

「中川夏紀。初心者です」

「初心者ね、了解。ま、練習すればすぐに吹けるから心配せんとき」

安心させるように、あすかが夏紀の肩を叩く。

「べつに心配してませんけど」

すねるようにそうつぶやいて、夏紀はそっぽを向く。先輩に口答えとは、やはり不良だ。こんな子と上手くやっていけるのだろうか。不安に震える梨子の背中を、あすかがからかうように軽く叩いた。

「じゃ、親睦を深めるためにも今日のお昼は一年で食べてな」

楽器を決めて早々に、あすかが指示を出す。その言葉に、夏紀が困惑したように眉をひそめた。

「すみません。今日は昼には終わると思ってて、お弁当持ってきてないんですけど」

「そんなん、売店で買えばいいやんか」

「売店？」

「そ。今日は土曜やからギリ開いてんで。梨子ちゃん、一緒についてってあげて」

「は、はい！」

唐突に名指しされ、梨子はピンと背筋を立てた。卓也はというと、我関せずという具合に大きな弁当箱の中身を黙々と食べ進めている。夏紀は不愉快さを隠そうともせず、大げさな動きでため息をついた。

「べつに、一人でいいですけど」

「あかんあかん。こういうのは、最初が肝心やからね」

そう強引に言いくるめられ、結局梨子は夏紀とともに売店へと向かうこととなった。廊下を歩くあいだも、夏紀は無言だった。気まずい空気が流れ、梨子はどうしていいかわからず意味もなく窓の外を見たりする。こういう怖い子が、梨子は本当に苦手なのだ。

「あ、梨子！」

売店に着いた途端、華やかな声が響いた。振り返ると、友人を連れた優子がこちらへと駆け寄ってきていた。ピンク色の可愛らしい財布は、どこかのブランドのものらしい。薄くブランドロゴが刻まれている。

「梨子も買い物？」

「うん、ちょっとね」

二人が会話を交わしているあいだにも、夏紀は棚に並んだ惣菜《そうざい》パンを物色している。そのひとつに夏紀が手を伸ばそうとしたその瞬間、優子が鋭い制止の声を上げた。

「待った！」

怪訝そうな顔で、夏紀がこちらを振り返る。彼女が選んでいたのは、透明な袋に包まれたコロッケサンドだった。白く柔らかなパンに、緑色のキャベツとソースの染み込んだ分厚いコロッケが挟まれている。

「うち、それ食べたいねんけど」

「はあ？」

夏紀の眉間に皺が寄った。梨子はそれだけで縮み上がってしまうというのに、優子はまったくひるんだ様子もなく夏紀のほうへと駆け寄った。

「コロッケ、めっちゃ好きやねん。譲って」

お願い！　と優子は胸の前で手を合わせた。夏紀は一度自分の手のなかの商品を見つめ、それから優子のほうを見た。

「普通にイヤやねんけど」

「え、なんで？　コロッケサンド好きなん？」

「べつに好きちゃうけど。でも、アンタにあげんのはなんかムカつく」

「何それ！」

不満を隠そうともせず、優子は頬を膨らませた。

「べつに好きちゃうんやったら譲ってくれてもええやんか」

「そう言われても、他人に欲しいって言われると、なんか知らんけど無性に食べたくなるねんなあー」

「うわ、性格悪っ！」

「はあ？　だいたい、こういうのは早いもん勝ちやろ？　先に取らんかったアンタが悪い」

「取る前に、待ってって言ったやん」

「そんなん知らんし」

「よし、じゃあ平和的解決ということでジャンケンしよう」

「イヤ」

「はあ？」

　よくまあこんなくだらないことでここまで盛り上がれるものだ。棚の前で口論している二人が物珍しいのか、通り過ぎる生徒たちが好奇の視線を送ってくる。それが恥ずかしくなり、梨子は思わず夏紀のセーラー服の裾を引っ張った。

「そろそろ戻らないと、あすか先輩に怒られるんちゃう？」

　その言葉に、夏紀は不服そうにしながらも素直に首を縦に振った。梨子は棚にあるピリ辛ソーセージパンとやらを夏紀に押しつけ、その手からコロッケサンドを奪い取った。

「これと交換ってことで今日は勘弁して？」

「まあ、梨子が言うならそれでいいけど」

　しぶしぶという具合に、夏紀がうなずく。彼女が自分の言葉を素直に聞いたことに、梨子は少なからず驚いた。優子はというと、お目当ての商品を受け取り、なぜか上から目線で腕を組んでいる。

「しゃあないなー。今日のところは梨子に免じて許したげる」

　ムッとした夏紀が何かを言い返す前に、梨子は強引にその背を押す。

「とにかく早くレジに行こう！」

　ずりずりとその場を離れる夏紀に、優子がからかうように舌を突き出した。それに対抗するかのように、夏紀もまた舌打ちをしている。

二人の子供のようなやり取りを見守っていた優子の友人が、呆れた様子で梨子に告げた。

「なんか、梨子ちゃんってお母さんみたいだね」

そのひと言のせいで、梨子はしばらくのあいだ、周りの友人からお母さんなどというあだ名で呼ばれることとなった。

「ふーん、じゃあそのコロッケパンが仲違《なかたが》いの原因なん？」

黙って話を聞いていた恵美が、そこでこちらに尋ねてきた。廊下では相変わらず夏紀と優子が口論を続けている。梨子は一度箸を置くと、うーん、と曖昧な言葉を返した。

「それが原因というより、もともと馬が合わない者同士がばったりそこで会っちゃったって感じやけどね」

「あの二人、まさに犬猿の仲って感じやもんねぇ」

でも、と恵美は言葉を続ける。

「ああやって言い争いできる関係って、ちょっと憧れるけどね」

その言葉に、思わず梨子は隣の友人の顔を凝視する。恵美は少し照れたように頭をかくと、だってさ、と言い訳するみたいに言った。

「高校生になるとみんな変に大人になるから、もめごととか避けるようになるやん？　ああやってまっすぐに自分の意見をぶつける相手がいるのって、ちょっとうらやましい」

「……確かに」

梨子は小さくうなずき、卵焼きを口に運んだ。わずかに焦げついた卵の香りが口のなかに充満する。廊下からはいまだに騒ぎ声が聞こえてくる。優子も夏紀も、二人とも確かに梨子を友人として扱ってくれる。けれど、二人のあいだにある独特な空気のなかに、梨子は決して立ち入ることができない。

「あの二人、仲いいよね」

そう言っても、きっと本人たちは全力で否定するだろうけれど。本気でぶつかり合う彼女たちのことが、梨子はほんの少しだけうらやましく思えるのだった。

八　背伸び

吹奏楽部は女子が多い。裏を返せば、男子が少ない。部員総数八十名を超える北宇治高校吹奏楽部も、男子部員の数は全体の一割にも満たない。べつに冷遇されるのは中学のころと変わらないから慣れているけれど。

着替えるからといって音楽室から追い出された男子部員たちは、仕方なく廊下で時間を潰す。女子というのは、男子の着替え中は平然と教室に入ってくるというのに、その逆は絶対に許さない。まあ、下心があるかないかの差なのかもしれないけれど。廊下へと座り込み、秀一は胡座《あぐら》をかく。

吹奏楽部では体力作りにも力を入れている。腹筋や走り込みもやらされ、運動が得意でない部員たちはヒイヒイと毎回悲鳴を上げている。学校指定のジャージはダサいが、せっかく買ったのに使わないともったいないので、秀一はそれを着ていつも走り込みに挑んでいる。ほかの先輩は市販のジャージとTシャツというパターンが多いが、体操服で走っている部員も少なくはなかった。

「なあ、こんなに女子がいんのに、ハーレムにならへんのおかしない？」

しっかりと施錠された音楽室の扉を眺めながら、二年生のトランペットの先輩がつぶやいた。モテたい願望が強い、滝野《たきの》だ。まーたこの人は変なことを言い出した、と秀一は呆れた視線を彼に向ける。その隣で、サックスの一年である瀧川《たきがわ》がコクコクとうなずいた。

「俺、高校行ったら勝手に彼女できると思ってたんすけど、全然そんなことないっすね。モテると思ってサックス始めたのに」

「だいたいさ、人数で考えたら俺ら一人に対して女子十人ぐらいいるはずやろ？　なーんで、誰も告白してこうへんわけ？　優しくしてんのにさあ！」

憤る滝野に、ジャージ姿の卓也が目を細めた。

「下心丸出しやからやろ」

「はあ？　うまく隠せてるわ」

「どこがだよ」

二年生の後藤卓也は寡黙ながら、周りに対してきちんと気配りができる先輩だ。かなり大柄な体格でお世辞にも整った容姿だとは言えないけれど、ほかの男子部員よりは女子から好意的に見られているように感じる。滝野も気配りはできる人間だとは思うのだけれど、なんというか、押しつけがましいのだ。もう少しうまくやればいいのに、と秀一は内心で思っている。直接言ったらへそを曲げるから、絶対言わないけど。

「あー、ヤダヤダ。彼女持ちは発言に余裕がありますなー」

滝野の台詞に、瀧川が食いつく。

「え、後藤先輩、彼女いるんすか」

秀一もこれには驚いた。照れているのか、卓也は眉間に皺を寄せて黙り込む。その隣で、滝野がその脇を思い切り小突いた。

「そうそう！　こいつさ、こんな見た目のくせに彼女できんのめっちゃ早かったから」

「見た目は関係ないやろ」

「いーや、大アリやな！　しかも、チューバの長瀬さんやで？　あの隠れ巨乳の」

「マジっすか。やばいっすね。後藤先輩スゲエ！」

瀧川がキラキラと目を輝かせる。その反応に、卓也はますます眉間に深い皺を刻んだ。好奇心を抑え切れず、秀一は卓也へと問いかける。

「それって、どっちから告白したんですか？」

その問いに、なぜか滝野がニヤニヤしながらこちらを見た。

「お、モテないお前も気になるか」

「モテないは余計ですけど」

その言葉に、滝野はチッチと指を横に振った。

「ノット余計、バット重要」

「うっわ、英語とか先輩マジで頭いいっすね」

瀧川が興奮したように叫んだ。褒められて調子に乗っているのか、滝野もまんざらでもない顔をしている。こいつらマジで馬鹿だ、と秀一は呆れた。

「で、どっちからなんですか？」

騒ぐ二人から少し距離を取り、秀一は卓也に直接問いかける。彼は気まずそうに目線を宙にさまよわせたあと、小さくつぶやいた。

「……俺からやけど」

「やっぱりそういうのって、男からいくべきなんですかね？」

「さあ？　でも、向こうから来ないなら、こっちから行くしかないし」

「先輩、勇気ありますね」

「そうか？」

「そうですよ。俺、イマイチ踏み出せないですもん」

その言葉に、卓也は探るような視線をこちらに向けた。その太い指が、黒縁眼鏡の端をわずかに持ち上げる。

「好きなやつ、いるん？」

「え、あー、いやあ……」

言葉を濁した秀一に、なぜか滝野が噛みついてきた。

「まさかお前、中世古《なかせこ》先輩やないやろな」

「なんでそうなるんですか」

「中世古先輩って超美人っすよね！　田中先輩もやばいっすけど」

こちらの会話を聞いていたのだろう、瀧川まで会話に参加してくる。滝野は腕を組んで何やら余計なことを考えているようだったが、やがて合点がいったかのように手を打ち鳴らした。

「わかった。一年の高坂や」

「高坂もやばいっすよね。この三人はマジでやばいっす」

「だからなんでそうなるんですか。っていうか瀧川、お前さっきからやばいしか言ってへんやんけ」

「だってマジでやばいし」

瀧川はそう言ってケロリとした顔をしている。彼に語彙力《ごいりょく》がないのはいまに始まったことではない。突っ込む気力も失せて、秀一は深々とため息をつく。その反応をどう受け取ったのか、滝野はなぜか同情するようにこちらの肩を叩いてきた。

「まあ、お前が誰が好きとかどうでもええけど。どうせ振られるし」

「なんで勝手に決めつけてるんですか」

「だってお前まで付き合い始めたらムカつくし。まあでも、マジで中世古－田中ペアはやめとけ。あのレベルは相当の男やないと、告白しただけでほかの女子から袋叩きにされるパターンや」

滝野の言葉に、瀧川が納得したようにうんうんとうなずいている。

「優子先輩とか、『この身のほど知らずのクズめ!』って相手を蹴り殺しそうっすよね。滝野先輩が中世古先輩に告白したら、もう絶対やばいことになるっすよ」

「おい待て、そのやばいはどういう意味や。俺は相当イイ男やねんから、ほかの女子も納得するに決まってるやろうが」

「先輩こそ何言ってんすか。やばいはやばいって意味っすよ」

そう平然と答える瀧川に、さすがの滝野も脱力した。

「もうええわ。お前に聞いた俺がアホやったわ」

その言葉に、秀一の隣にいる卓也がぼそりとつぶやく。

「お前は初めからアホやろ」

「はあ? お前彼女いるからって調子乗んなよ?」

「べつに、乗ってない」

この先輩、口数少ない割に結構毒舌やな。と、秀一は心のなかだけで考える。単純に、口の悪さは二人の仲の良さの表れなのかもしれないけれど。

卓也に対して何やら一生懸命まくし立てていた滝野だったが、やがて疲れたのか文句を言うのを諦め壁へともたれかかった。それにしても、女子の着替えはなぜこうも長いのか。音楽室の扉は、一向に開く気配がない。

「じつはさ、俺最近、密かに考えてることがあるんやけど」

唐突にそう言って、滝野が真剣な表情を浮かべる。珍しく真面目な様子に、秀一はついつい彼の言葉に耳を傾けた。音楽室のなかからは、女子同士の華やいだ声が聞こえてくる。なんすか？　と瀧川がその言葉の続きを促す。

「音楽教師になったら、めっちゃモテるんちゃうやろか」

アホや、と、秀一は思った。冷ややかな視線を向ける秀一と卓也に対し、瀧川だけが興奮したように拳を握る。

「確かに、滝先生って吹部以外の女子には超人気っすもんね」

「高校教師って、周りみんな女子高生ばっかなわけやろ？　もうそんなもん、こっちの大人の魅力でメロメロになるに決まってるやん。そしたら、俺がおっさんでも女子高生と付き合えるやんか」

「いや、普通に犯罪やろ」

卓也の至極冷静な突っ込みに、滝野は肩をすくめた。

「お前は夢がないな。あー、つまらん男や」

「っていうか、滝先生がモテるのは、先生だからとか関係なくあのルックスだからじゃないですかね？　いくら音楽教師になっても滝野先輩じゃ……」

「ははっ、それ言えてる。まじウケる」

言葉を濁した秀一の反対側で、瀧川が愉快そうに手を叩いて笑っている。コイツには先輩に対する配慮というものがないのだろうか。案の定、ウケへんわ！　と、滝野が瀧川の頭を叩いた。この二人のやり取りを眺めていると、漫才でも見ているような気分にさせられる。

「あー、失礼な後輩ばっかでムカつく。おい塚本、お前ポカリ買ってこい」

「は？　嫌ですけど」

「うっわ、口答えとかないわー。じゃあ瀧川、お前行け」

「えー、めんどいっす」

「何こいつら、生意気すぎるんですけど」

「日ごろの行いのせいじゃないですか？」

そう言いながらも、秀一は立ち上がった。ここにずっといるのも退屈だし、自販機に飲み物でも買いに行くのはいいかもしれない。ぐっと伸びをすると、背骨辺りがボキボキと嫌な音を立てた。

「あ、後藤先輩、なんか飲みたいものあります？」

「えっ」

突然の問いかけに、卓也は驚いたように身じろぎした。はあ？　と滝野が不服そうな声を上げる。

「なんで後藤にはそんな親切なん？」

「そんなん、滝野先輩と後藤先輩じゃ、人徳の差がマジやばいからじゃないっすか？」

「人徳なら俺にもあるやんか！」

「はは、先輩本気っすか？　まじウケる」

「ウケへんわ！」

そう言って、滝野が再び瀧川の頭を叩いている。後方の二人の会話を完全に聞き流し、秀一は卓也へと視線を落とした。

「喉渇いてたら、なんかてきとーに買ってきますけど」

「いや、いい。ありがとう」

そう言って、卓也は首を横に振った。そうですか、と秀一は素直にうなずく。なぜだろう、少しだけ残念に感じる。その横で、滝野と瀧川が元気よく手を上げていた。

「はいはいはい！　俺ポカリな」

「まあいいですけど……先輩、あとで金返してくださいよ？」

「俺はミネラルウォーター！　あの安いほうやなくて、二十円高いほうの」

「お前は蛇口ひねって水でも飲んでろ」

その言葉に、瀧川が何やら背後で文句を言っている。それを完全に聞き流し、秀一は一階の自動販売機へと向かうことにした。

吹奏楽部に入部してすぐのころは、秀一はこの部活に対して不満ばかりを抱いていた。しかしサンフェスを終えて、怠惰だった部内の空気も確実に変わった。皆が同じ目標に向かって励むいまの部の雰囲気を、秀一はかなり気に入っている。

「おや、塚本君」

不意に声をかけられ、秀一はビクリと身体を揺らした。振り返ると、財布を手にした滝がこちらを見ていた。慌てて、秀一は頭を下げる。お疲れ様です。その言葉に、滝は小さく笑った。

「そういえば、今日は筋トレの日でしたね。もう解散時間は過ぎてるでしょう？」

「そうなんですけど、まだみんな着替え終わってなくて。帰り用の飲み物を買いに来たんです」

「あぁ、そういうことですか。女子の着替えは時間がかかりますからね。外周のほうはどうでした？」

「暑かったので、ちょっとキツかったです」

「そうですか。確かに、そろそろ夏ですからね」

そう言って、滝はグラウンドへと視線を向ける。釣られるように、秀一もまた同じ方向へと視線を送った。太陽の光は雲に遮られることもなく、運動場へと注がれている。そこでは大会前のサッカー部の部員たちが、汗まみれになりながら駆け回っていた。

「先生は何を買いに？」

「あぁ、ちょっと缶コーヒーが飲みたくなりまして。たまにここの自販機のコーヒーが飲みたくなるんですよ」

「コーヒーですか」

秀一はコーヒーが好きではない。苦いからだ。しかし、滝野はあのよくわからない液体を旨いと言って飲んでいる。よくそんなもん飲めますねと言ったら、お前は子供舌だなと馬鹿にされた。大人になれば、自分もあの飲み物が美味しいと感じるのだろうか。滝みたいに。そんなことを考えながら、秀一は自販機を眺める。右端のほうには、安っぽい宣伝文句とともに新作のジュースが並んでいた。

「塚本君は何を？」

「あ、俺は先輩にちょっと頼まれて」

「そうなんですか。では、お先にどうぞ」

「えっ、そんな、悪いですよ。先生からどうぞ」

「いいえ、私はべつに誰も待たせてないので」

そう言って、滝は半ば強引に秀一に先に買うように勧めてきた。この先生は音楽から離れると途端に優しくなる。あの指導中の豹変《ひょうへん》ぶりはいったいなんなのだろうか。

そんなことを考えながら、秀一はお言葉に甘えて先に買い物を済ませることにした。

滝野のポカリと、それから瀧川のためのミネラルウォーター。商品が取り出し口へと落ちるたびに、秀一は一本一本ボトルを取り出す。そのあいだ、滝は後ろで秀一が買い物を終えるのをずっと待っていた。なんというか、ひどく気を遣う。やっぱり先に買ってもらえばよかった。いまさらそんなことを後悔しながら、秀一は自分用の商品を選ぶ。やはり、ポカリにしようか。ボタンを押そうとして、そこでなぜか秀一はその隣のボタンを押した。予想外の自分の行動に、秀一は驚く。ガラガラと音を立てて、取り出し口にブラックコーヒーが落ちてくる。なんでこんなもん選んだんだ。そう思ったが、そのままにしておくわけにもいかず、秀一は冷え切った缶を指先でつかむ。

「塚本君、コーヒー好きなんですか？」

「あ、はい」

滝に問われ、秀一は反射的に肯定した。多分、自分はいま滝に対して見栄《みえ》を張ってしまったのだ。飲めもしないブラックコーヒーを抱えながら、秀一はこっそりとため息をつく。普通にポカリを買っておけばいいのに、どうして意味もなく対抗心を起こしてしまったのか。

ペットボトルと缶を抱える秀一ににこりと笑いかけ、滝は自販機の正面へと立った。

その指が、迷うことなく左端のボタンを押す。ミルクたっぷり、濃厚ブレンド。缶に書かれた文字を、秀一はただただ視線で追う。

「先生、それ好きなんですか？　ブラックじゃなく？」

その問いに、滝は少し照れたように苦笑した。

「ミルクや砂糖の入ったコーヒーのほうが好きなんです。ただ、起きていなければならないときは、眠気覚ましのためにブラックで飲むこともありますけど」

「そ、そうなんですか」

滝は缶を取り出すと、感心した様子で秀一に告げる。

「ブラックが好きだなんて、塚本君は大人ですね」

その言葉に、秀一は思わず赤面した。なんというか、自分がひどくガキに思えたのだ。

「では、私は戻りますね。塚本君も練習頑張ってください」

「あ、はい。ありがとうございます」

「それでは」

そう言って、滝はそのまま職員室のほうへと立ち去っていった。その広い背中を見つめ、それから秀一はもう一度自身の腕のなかにある缶コーヒーを見下ろす。とりあえず、これは滝野に押しつけよう。秀一はポカリのキャップをひねり、その中身を一気に飲んだ。渇いた身体に、水分が染み渡っていく。やっぱり、自分にはこれぐらいがちょうどいい。大人にはまだなれそうにない。軽くなったボトルをもう一度腕に抱え込み、秀一は音楽室へと駆け出した。

九　こんぷれっくす

緑輝は自分の名前が嫌いだった。これ、なんて読むの？　変わった名前だね。そう言われるたびに、緑輝はその場からすぐさま逃げ出したくなる。小学校でも中学校でも、出席名簿を見ながら教師が言葉を詰まらせるのはよくあることだった。それ、サファイアって読むんです。そう自分で言うのは一種のお約束みたいなものになってい て、クラスメイトたちはそのたびにくすくすと笑った。多分、悪気はないんだろうけれど。笑われるたびに恥ずかしくなって、緑輝は名前を呼ばれるときはいつもうつむいていた。それもこれも全部、こんな名前をつけたパパとママのせいだ。

「でも、うちはカッコイイ名前やと思うけどね」

そう言って、葉月は無邪気な笑顔を見せた。ほんまに？　と緑輝は頬を膨らませる。椅子からはみ出た足が床まで届かなくて、緑輝はぶらぶらとつま先を宙で揺らす。目の前に座る葉月は、平然とした様子でメロンソーダを赤いストローで飲んでいる。グラスには気泡がたまっていて、彼女がストローを動かすたびにぶくぶくと泡が浮き上がった。

「でも、なんで緑のお母さんたちはそんな名前つけたん？」

「ほかの子とは違う、特別な子に育ってほしかったんやって」

「へぇー」

「でもでも、それにしたってこのセンスはないと思わん？」

唇をとがらせる緑輝に、葉月は苦笑する。せっかくの日曜日だというのに、今日は珍しく部活がお休みだった。緑輝は休日がちょっとだけ苦手だ。部活があるのが当たり前な生活を送っているものだから、与えられた時間をどうやって使えばいいのかわからなくなるのだ。結局、休みの日には葉月や久美子といった吹奏楽部の友達と一緒に遊ぶことになるので、部活があってもなくても過ごし方にはとくに変化がないような気がする。

「せめて青に輝くやと思わへん？　緑に輝くって、それエメラルドやん！」

「確かに、言われてみたらそうやね」

「でしょー？　ママったら絶対テキトーに名前つけたんやって」

銀色のナイフが厚みのあるパンケーキへ沈み込む。表面に乗ったバターがとろりと流れ、鉄板の上でじゅうと音を立てた。ひと口分に切り分け、緑輝はそれをフォークで突き刺す。柔らかなケーキは口の上でじゅわりと溶け、咀嚼した途端に鼻からバターの香りが抜けていった。

四条《しじょう》の通りにあるパンケーキ屋は、緑輝のお気に入りの店だった。服を買いに来たついでに、二人はこの店へと立ち寄ったのだ。葉月はこちらの話をきちんと聞いているのかいないのか、相槌もそこそこに夢中でケーキを食べ進めている。

「もし緑が男だったらね、大きく輝くって書いてダイヤって名前つける予定だったんだって」

「それはまた、すごい名前やなー」

ゴクリとソーダを喉に流し込むと、葉月は呆れたように頬杖をついた。彼女の服装はとてもボーイッシュで、緑輝の私服とは全然違う。緑輝がカッコイイ服を着ても子供が背伸びしているようにしか見えないが、そういったスポーティーな服装も葉月は平然と着こなしている。よくよく考えれば、久美子だって葉月だって自分よりはずっと背が高い。もっと背が高ければ、いまよりもたくさん可愛い服を着こなせるのにな、と緑輝は小さく眉尻を下げた。

「葉月ちゃんは、自分のなかで嫌やなーって思うとこってある？」

「嫌なとこ？」

「うん。緑にとっての名前みたいなやつ」

その言葉に、葉月はうーんと考え込んだ。腕を組み、その視線を宙へと逸らす。

「声がでかいところかな。あとは、肌が黒いとこ」

そう言って、彼女はパーカの袖をまくってみせた。腕の途中には境界線みたいに肌の濃さが分かれている場所がある。テニス部だったときの名残だと、確か以前に彼女が話していた。ユニフォーム焼けらしい。

「日焼けかー」

緑輝は自分の手の甲を蛍光灯に掲げてみる。緑輝も吹奏楽部のマーチング練習では外で活動することが多かった。夏のあいだは日焼け止めを塗ってもすぐに汗で落ちてしまうから、日焼けには大変苦労させられた。

「うちも、高坂さんみたいに美人やったらよかったのに」

そう言って、葉月がテーブルへ顎を乗せる。

「高坂さんはほんま美人やもんね、頭もいいし」

「自分があれぐらい美人やったら、好きな人とかできてもすぐ告白できちゃうなーって思う。うち、自分の顔があんま好きちゃうし」

「えー！　なんで？」

思わず大声になってしまった。周囲から視線を感じ、緑輝は慌てて自身の口元を手で覆う。

「葉月ちゃん可愛いやん。なんでそんなこと言うん？」

「はいはい、フォローありがと」

「フォローやないって。緑、葉月ちゃんのこと可愛いなーって思うもん」

そう唇をとがらせるが、葉月はまともに取り合ってくれない。葉月は多分、褒められることが苦手だ。緑輝の心の底からの言葉も、すぐに聞き流されてしまう。

「女の子って、すぐそうやってなんでも可愛い可愛いって言うやん。基本的に、うちそういうの信用してないから。褒められて調子乗んのも恥ずかしいし」

「えー、緑は本気やで？」

「緑の可愛いも信用ならんからなー。なんでもかんでも可愛い言うやんか。この前は後藤先輩にまで可愛いって言ってたし」

「えー、後藤先輩可愛いやんか。なんか丸いし」

「あんなごついの捕まえて可愛いって言うのは緑ぐらいやで」

「そう？　可愛いと思うねんけどなー」

　後藤卓也は低音の副パートリーダーだ。寡黙だが、根は優しい人である。いつもムスッとしているように見えるが、機嫌が悪いわけではなく、それが彼の標準の表情なのだ。だからこそ、梨子と話しているときにちらりと見せる彼の笑顔はとても可愛らしいものに思える。梨子と卓也のようなカップルになることが、緑輝の高校生活での密かな目標なのだ。

「うちはさ、香織先輩みたいになりたいねん。ああいう、ほわほわ系？　みたいな」

「香織先輩も可愛いねー。緑、あの先輩大好き」

「先輩の着てる服とかめっちゃ可愛いもん。うちが着たら絶対変になっちゃう」

「そんなことないって。葉月ちゃんもああいう服着ようよ」

「無理無理無理無理、恥ずかしい」

「ダメ！　いまから買いに行こう！」

残ったケーキを飲み込み、緑輝は席を立ち上がった。葉月は気の進まない顔をしているが、そんなものは無視だ。

「一着ぐらい可愛い服持っといたほうがいいって。今日はせっかく買い物に来たんやからさ」

「まあ、そうかもしれんけど」

そう言いながら、葉月はしぶしぶ立ち上がる。中身を飲み干したグラスの底に、溶けかけの氷が転がっている。緑輝は膨らんだお腹をぽんと叩き、それから葉月のほうを見た。

「なんか、お腹いっぱいになっちゃった。テキトーに歩いて、カロリーもついでに消費しよ！」

「はいはい、それはべつにええけどさ」

「じゃあ、まずは寺町《てらまち》のほうに行こうね」

緑輝はにっこりと笑うと、葉月のパーカの袖を引っ張った。葉月は嫌そうな顔をしているけれど、決してそれに文句を言ったりはしない。髪からのぞく彼女の耳がちょっとだけ赤いことに、緑輝はすぐに気がついた。多分、照れているのだ。少し気恥ずかしそうに目を伏せるその顔は本当に可愛くて、緑輝は自身の心臓がぎゅっと締めつけられるのを感じた。葉月は本当に可愛い。緑輝は心の底からそう思っているのに、どうして彼女はそれをわかってくれないんだろう。

「葉月ちゃんってば、頑固やねんから」

ため息混じりの緑輝の台詞に、葉月はただ怪訝そうな顔で首をひねるだけだった。

十　きみのいなくなった日

その日、音楽室に希美《のぞみ》の姿はなかった。いつもならば希美が座っているはずの席は、当然のようになくなっている。キョロリと教室を見回すと、なんだか空間が広くなったように感じた。見知った同学年の数が極端に減っており、みぞれは困惑した。しかし、それについて誰も言及しない。まるでそれが当たり前みたいな顔をして、部員たちは意味のないことをぺちゃくちゃ話している。今日は一年生だけでイベントでもあるのだろうか。そんなことを考えながら、みぞれはファゴットの先輩の肩をおそるおそる叩いた。

「あの、」

「うん？」

先輩が目を細める。それだけでみぞれは震え上がった。

三年生のオーボエ部員が途中で辞めてしまったために、今年の北宇治高校吹奏楽部にはオーボエはみぞれ一人しかいなかった。そのせいで、一年生ながらみぞれがAの部でオーボエを担当することになったのだ。周りに親しい人間もおらず、Aでの練習はみぞれにとって苦痛だった。それでも頑張れたのは、ひとえに希美がいたからだ。希美と同じ部活だから。ただそれだけの理由で、みぞれは吹奏楽部を続けていた。

「今日、希美がいない理由、ご存知ですか？」

「希美？　あぁ、傘木《かさき》さんのこと？」

「そうです」

みぞれはコクリとうなずく。するとなぜか、先輩は怪訝そうに首をひねった。なぜそのことをみぞれが知らないのか不思議がっているようだった。

「もしかして、聞いてへんの？」

「何をですか？」

首を傾げるみぞれに、先輩はサラリと言った。

「あの子ら、部活辞めたで」


それからの記憶はあまりない。梨香子《りかこ》先生が音楽室にやってきて、それから演奏会のための練習をした。北宇治の吹奏楽部には強豪中学出身の上手な部員も確かにいるのだけれど、合奏というのは下手な人が一人交じるとそれだけで台なしになる。ましてや、標準レベルに達していない人間がそこかしこに存在しているいまの部では、いくら実力者がいようともそのマイナス要素を補えない。下手くそな演奏を聞き流しながら、みぞれは楽譜をぼんやりと眺めていた。そうこうしているうちに気づいたら今日の練習は終わっており、先輩たちは皆楽しそうに音楽室を出ていった。

「……部活、辞めたの」

誰に尋ねるでもない問いを、無人の教室で独りごちる。もちろん、返事はない。窓から外を見下ろすと、制服姿の少女たちが帰路につくのが見えた。

希美はみぞれに何も言わなかった。部活を辞めることも、ほかの子たちが新しいバンドを組むことも。

みぞれは小さく唇を噛む。どうして何も言ってくれなかったの。そう希美にしがみついて、問いかけるという選択肢もあった。あるいは、無言で退部したことに対して、彼女に怒りをぶつけることも可能だった。頭のなかではさまざまなイメージが渦巻いている。だけど、みぞれは結局その場所から一歩たりとも動かなかった。無人の教室で、ただ一人で立ち尽くしている。動くことが怖かったのだ。

「……みぞれ？」

唐突に声をかけられ、みぞれは無表情のまま振り返った。こんなふうに気さくに自分の名を呼んでくれる人間が、希美以外にいるとは思わなかった。

「まだ帰らへんの？」

そう言ってみぞれのもとまで駆け寄ってきたのは、トランペットパートの優子だった。中学校時代からみぞれは彼女が苦手だった。ハキハキしていて、誰に対しても物怖じしなくて。自分の意志をはっきりと他者に伝えるタイプの子というのは、みぞれにはちょっと怖かった。一緒にいると、なぜだか自分が馬鹿にされているような気がして。

「うん、ちょっと」

言葉を濁し、みぞれは自身の手のなかにあるオーボエへと視線を落とした。中学生のころに両親に買ってもらったこの楽器は、まめに手入れをしているせいか三年経ったいまでも新品同様に輝いていた。

「ふうん」

優子は意味深にそうつぶやくと、そのままみぞれの隣の席へと腰かけた。彼女は楽器を持っていなかった。多分、すでに楽器ケースにしまったあとなのだろう。帰る支度を終えた彼女は、何がおもしろいのか、わざわざみぞれへと話しかけてくる。

「希美、部活辞めたって。聞いた？」

「うん」

こくりと首を縦に振るみぞれに、優子はわずかに目を細めた。

「みぞれはさ、部活辞めへんの？」

その問いに、みぞれはゴクリと唾を呑んだ。顔を上げると、優子がこちらの瞳をまっすぐにのぞき込んでいた。そのまっすぐさが息苦しくて、みぞれはとっさに目を逸らす。

「……優子は？」

質問に質問を返すのはよくないよ。そう、以前誰かに言われた気がする。それでも、みぞれは優子に問い返した。彼女の疑問への回答が、いまの自分のなかには見つけられなかったから。

「うち？　うちは辞めるつもりないよ」

そう言って、優子はぎゅっと自身の手のひらを握り締めた。

「だって、ここで辞めてもなんにもならんし。それに、」

「それに？」

続きを促すみぞれに、優子ははにかむような笑みを見せた。桃色の唇の隙間から、白い歯がちらりとのぞく。

「香織先輩が、続けてほしいって言ってくれはったから」

香織先輩というのは、トランペットの二年生だ。いまだに先輩の顔をすべて覚えられていないみぞれでも、彼女のことは知っていた。優しい性格に、可愛らしい容姿。自分もあんなふうに生まれてきたらよかったなあ、とみぞれはついつい思ってしまう。

「香織先輩は、いい人だね」

ゆっくりと相槌を打ったみぞれに、優子は瞳をきらめかせた。そうやろ？　うれしそうにそう言って、彼女は香織がいかに優れた人物であるかを語り出した。優子は、香織が大好きなのだ。そしてそれを他者に伝えることに、なんの抵抗も覚えていない。

そのことがみぞれには少しうらやましかった。

みぞれは希美が好きだ。優子が香織を慕うよりも、きっと何倍も。だけど、希美にとってみぞれはどうでもいい存在に違いない。一緒の部活に入った幼馴染み。ただ、それだけ。だから彼女はみぞれに何も声をかけなかった。嫌がらせでもなんでもない。彼女にとって、それは当たり前の行為なのだ。その事実と向き合うことが、みぞれにはつらかった。

「優子が部活を続けるのは、香織先輩のため？」

その問いに、優子は首をすくめてみせた。

「確かに続けようって気になったのは香織先輩のおかげやけど、でも、部活をすんのはうち自身のためやな。結局さ、ペット吹くの好きやし。高校卒業しても、大学行っても、楽器は続けたいと思ってる」

「へえ」

「みぞれもそうやろ?　オーボエ、めっちゃ頑張ってやってるやん。一生続けるつもりなんちゃうの？」

みぞれは言葉を詰まらせた。数年後の自分の姿が、まったく想像できなかったからだ。さすがに大学まで希美と同じ学校というわけにもいかないだろう。そのとき、自分はどうするのか。行きたい学校なんてない。やりたいことなんてなんにもない。こんな空っぽな自分にも、何かを選ばなければいけない日がやってくるのだろうか。

「うち的に、みぞれは音大とか行っちゃいそうな感じするけどね」

「えっ」

音大？　とみぞれは首を横に傾げた。そうそう、と優子が愉快げに笑う。

「ずーっとオーボエ続けて、それでしれっと海外の楽団とかに入ってそう」

「……そうかな」

「勝手なイメージやけどね」

そう言って、優子はおもむろに席を立った。窓の外はすっかり暗くなっていた。空に浮かぶ雲が闇に紛れ、薄っぺらい半月だけが煌々《こうこう》と辺りを照らしている。優子はみぞれの楽器を一瞥し、それからにこりと口端を持ち上げた。

「もうええ時間やし、一緒に帰ろ」

「えっ」

優子からそんなふうに誘われるのは、初めての経験だった。目を見開いたみぞれに、優子がすねたように頬を膨らます。

「なに？　嫌なん？」

「いや、そうじゃない」

ふるりと首を横に振り、みぞれは楽器を片づけ始めた。優子は黙ってそれを見守っている。多分、彼女は自分に気を遣ってくれているのだ。幼馴染みに見捨てられたみぞれがかわいそうだから。だから、こんなふうに優しくしてくれている。

「……ありがとう」

ぼそりとつぶやいた言葉に、優子はほんの少しだけ顔を赤くした。

「何が?」

そうとぼける同級生に、みぞれは静かに目を伏せた。

もしも私がかわいそうじゃなかったら、優子は私と一緒に帰ろうなんて思ってくれた?

浮かんだ質問があまりにも意地の悪いものだったから、みぞれはそれを呑み込むと、ただ曖昧な微笑を浮かべた。

十一　北宇治高校文化祭

熱をはらんだ風が久美子の横顔をなでるように過ぎ去っていく。舞い上がるスカートを手のひらで押さえつけ、久美子は宇治橋の欄干へともたれかかった。夕日はすでに沈んでおり、藍色の空にはまばらな星たちが力なく瞬きを繰り返している。

「何してんの?」

背後から肩を叩かれ、久美子は顔だけを背後へと向ける。案の定、そこにいたのは秀一だった。彼はこちらの了承も取らず、勝手に久美子の隣へと並んだ。まくられた袖口からはやや筋張った彼の腕がのぞいていた。

「ちょっと気分転換してた。久々の授業で疲れちゃって」

「確かに。俺も昼からの日本史は爆睡してたわ」

「そんなことしてたら、またおばさんに怒られちゃうよ?」

「あー、三者面談のときに先生がチクりませんように」

そう言って、秀一は大げさな動きで自身の手のひらをこすり合わせた。久美子は思わず笑みをこぼす。それに釣られるように、秀一も笑った。

「でも明日から文化祭やし、授業ないのはラッキーやんな」

「文化祭のあとの体育祭はやだけどね。走るの苦手だし」

「俺なんて障害物とリレー押しつけられたし」

「いいじゃん、障害物。途中に出てくるパンもらえるらしいよ」

「えー、あれまずいって噂やけどな。アンパンらしいで、袋入りの」

たわいもない会話を交わしながら、二人はのんびりと歩き出す。橋の歩道部分に並ぶ直方体の灯りからは、暖色の光がこぼれ落ちている。

「文化祭さ、お前のクラス何やんの?」

「普通の喫茶店だよ。秀一のとこは?」

「俺? 俺んとこも似たようなもん。茶屋やってさ」

「へー。抹茶とか出すの?」

「あとは和菓子とか。ま、買ってきたやつらしいけどな」

平等院《びょうどういん》通りに足を踏み入れると、どこからかほうじ茶の香ばしい香りが漂ってきた。

「お茶屋さんかー、いいなあ。麗奈と一緒に行こうかな」

「文化祭、高坂と回んの?」

「うん、そのつもり」

秀一の問いに、久美子は素直にうなずいた。

「ホントは緑と葉月と四人で回ろうと思ってたんだけどね。二人とはシフトが違うから、一緒には回れなかったの」

「へ、へえ。そうなんや」

久美子の言葉を聞いているのかいないのか、秀一は意味もなく自身の前髪を指先でもてあそんでいる。なぜだか落ち着かない様子だ。

「あ、ちなみにさ、シフトっていつ入ってんの？」

どことなく声もうわずっているような気がする。久美子は内心で首を傾げながらも、自身の記憶から予定を探った。

「えっとね、二日目の午前中に入ってるよ。午後からも暇だから、手伝いでもしようかなって思ってるんだけどね」

「マジで？　俺も午後から暇やねんけど」

秀一がぱっとその瞳を輝かせる。

「へえ、そうなんだ。じゃあシフトの時間がかぶってるんだね。仕事中の秀一のとこに遊びに行こうと思ってたのに」

久美子の台詞に、秀一はなんとも形容し難い表情を浮かべた。自覚はあるのだろうか、その眉間には軽く皺が寄っている。

「いや、一日目にもシフト入ってるから、午後から来てくれたら大丈夫やけど」

「秀一って接客担当なの？」

「あ、うん。いや、そうやねんけどさ、そこは重要ちゃうというか」

「うん？　どういうこと？」

首を傾げた久美子に、秀一は言葉を詰まらせた。彼は困ったように自身の髪の毛をぐしゃぐしゃとかき回すと、あー、となんとも不明瞭な言葉を発した。

「いや、なんでもない！　気にせんでええから」

「そうなの？」

「そうそう！」

そう勢いよく言い切ると、秀一は気が抜けたようにぐっと伸びをした。その長い手足を眺め、久美子は自身の手のひらを見下ろしてみる。薄く皺の刻まれた皮膚の表面には、なぜだかうっすらと汗がにじんでいた。


文化祭というのは、やはりいつもと雰囲気が違う。教室は色鮮やかに飾りつけられ、教室を行き交う生徒たちの足取りはどこか浮き足立っている。いつもは地味な一年三組の教室も、今日ばかりは華やかだ。

「おお！　制服可愛いね！」

ウエイトレス姿の緑輝がうれしそうな声を上げる。フリルのついた水色のエプロンドレスは、衣装係の子が徹夜で縫い上げたらしい。

「うわー、うちはウエイターの衣装でよかったー」

燕尾服《えんびふく》姿の葉月が心底安堵したように言う。緑輝がぷっくりとそのほっぺたを膨らませた。

「なんでなんで？　この制服、めっちゃ可愛いよ？」

「いや、うちには可愛すぎてちょっと……」

「そんなことないってば。葉月ちゃんも似合うよ」

「いや、見てるだけで充分やわ」

三組の喫茶店のモチーフは不思議の国のアリスらしく、メニューやインテリアまでさまざまな工夫が凝らしてある。安い予算のなかでよくまあここまでやりくりできたものだと、久美子はついつい感心してしまった。

「久美子――」

教室の外から聞こえた声に、久美子はハッと顔を上げた。見やると、窓の外から麗奈がこちらへと手を振っていた。

「あ、麗奈ちゃん！」

緑輝が大げさな身振りで手招きする。麗奈は、最初は遠慮がちに入り口辺りに視線をさ迷わせていたが、やがて久美子たちのほうまで駆け寄ってきた。教室中の視線が彼女のほうへ吸い寄せられる。麗奈は入学式のときに新入生代表を務めており、なかなかの有名人なのだ。

「緑ちゃん、めっちゃ可愛い衣装やね」

麗奈はいつものツンとした表情を浮かべたまま、緑輝に賞賛の言葉をかけた。麗奈は素直な性格なのだが、その表情のせいで少し損をしているような気がする。緑輝は満面の笑みを浮かべると、でしょでしょ？　とくるりとその場で一回転してみせた。二人のやり取りを見るに、いつの間にかずいぶんと仲良くなっていたようだ。

緑って、前は麗奈のこと高坂さんって呼んでたのに。

なんとなくおもしろくない気分になって、久美子は葉月のほうに意味もなく近づいたりしてみた。

「今日は一緒に回れへんくて残念やったね」

葉月がわずかに表情を曇らせる。隣で緑輝がうんうんと激しく首を縦に振った。

「緑、二年四組の猫カフェに一緒に行きたかったんやけど、行けへんくてほんまに残念やなあ」

「猫カフェなんてあったっけ？　っていうか、学校に動物って連れ込んでいいの？」

久美子の問いに、緑輝は両腕で大きくバツを作ってみせた。

「本物は衛生上あかんねんて。やから、先輩たちが猫のぬいぐるみを手で動かしてくれるみたい」

「えー、それって猫カフェって呼んでええんか？」

葉月は呆れた様子だった。ぬいぐるみを動かす二年生……それはそれで見てみたい気もする。想像にふけっていた久美子をよそに、教室にいる生徒たちが慌ただしく動き始めた。緑輝がひらひらと手を振ってみせる。

「あ、そろそろお店開けるみたい。久美子ちゃんたちも早く回ってきなよ」

　その言葉に、麗奈と久美子は顔を見合わせた。ここにいては邪魔ということだろう。忙しなく動く生徒の邪魔をしないよう、久美子たちはそそくさと教室をあとにした。


「どっか行きたいとこある？」

　廊下を歩きながら、麗奈がこちらに尋ねる。久美子は辺りに視線を散らしながら、昨日の秀一との会話を思い出した。

「なんかね、一年六組でお茶屋さんやってるんだって。それは行きたいかな」

「へえ、楽しそうやなあ」

「秀一のシフトが午後かららしいから、一緒に行こうよ」

「ふーん」

　麗奈は意味深にそう言って、口端だけを釣り上げた。なによー、と久美子は肘で彼女の脇腹を突く。

「いやいや、なんでもないって」

「口元、笑ってるけど」

「だって、久美子らってほんまじれったいんやもん」

「そのまんまの意味やけど」

笑いを含んだ声音に、久美子はすねたように唇をとがらせた。麗奈は今朝配られたパンフレットに目を通し、あ、と短く声を落とした。

「そういえば、みぞれ先輩のクラスがクレープ屋やってるらしいで」

「クレープ？　食べたい食べたい」

「この時間やとまだ混んでへんやろ」

麗奈はそう言って、壁にぶら下がる時計へと視線を走らせた。まだ文化祭は始まったばかりだ。やや混雑する廊下を足早に通り抜け、久美子たちは二年生のいる校舎へと向かった。


北宇治高校は学年ごとにフロアが分かれている。学年の違う教室はなんだか空気が違う気がして、普段なら積極的には足を踏み入れようとはしない。だけど、今日は特別だ。学年関係なしに群がる人の波を眺めながら、久美子たちは足を進めた。

「えっと……先輩の教室は、と」

二人で廊下を歩いていると、やけに騒がしい教室をひとつ見つけた。廊下のいちばん奥、進学クラスの教室だ。入り口前には薄い立て看板があり、そこには見覚えのあ

である教師の似顔絵が描かれていた。名前は思い出せないが、おそらくこのクラスの担任なのだろう。

「いやいや、絶対これ嫌がらせやろ！」

教室のなかから馴染みのある叫び声が聞こえる。久美子と麗奈は互いに顔を見合わせ、それから慎重に教室へ入っていった。

「嫌がらせちゃうよ。友人へのサービスやんか」

そう言って怪しげな笑みを浮かべているのは、このクラスの一員である夏紀だった。エプロン姿の彼女が差し出しているのは、生クリームがたっぷりのった皿だった。差し出された当の本人——優子が、不満そうに頰を膨らませている。

吉川優子はトランペット担当の二年生だ。同じトランペットパートの三年生の香織に心酔しており、その言動は少々常軌を逸していることもある。ちなみに、夏紀とは犬猿の仲だ。

「ほら、優子って甘いもん好きやろ？　ここだけの特別サービスやって」

夏紀がそう言って、口端だけをニヤリと持ち上げる。

「うち、いちごクレープ頼んだんやけど」

「やから、いちごクレープやんか」

「これが？」

「そうですよ、お客様」

その会話を聞きながら、久美子は夏紀が差し出している皿をもう一度見やる。白い紙皿の上には、皿よりも白い純白のクリームの山が高く積まれている。もしかして、あのクリームの下にイチゴクレープが隠されているのだろうか。見ているだけで胸焼けしそうだ。

「……あ、お客さん」

ボソリとしたつぶやきが落とされ、久美子は声のほうへと顔を向けた。見ると、夏紀と同じエプロンを身につけたみぞれが、こちらへと近づいてきていた。そのポケット部分には、クマの刺繍《ししゅう》が入っている。

鎧塚《よろいづか》みぞれはオーボエパートの二年生だ。課題曲ではソロを担当している。いつも無表情で、あまり感情を表に出さないタイプだ。

「いらっしゃい」

そう言って、みぞれがぺこりと頭を下げる。釣られるように、麗奈と久美子も頭を下げた。

「持って帰る？　ここで食べる？」

「あ、ここで……」

そう麗奈が答えた途端、優子の視線が突然こちらへと向けられた。彼女は勝気そうな瞳をわずかに細め、それから小さく手招きした。どうやら、こっちに来いということらしい。みぞれが首を傾げる。

「相席でも、いい？」

「あ、はい。大丈夫です」

久美子が答えると、麗奈が一瞬だけ嫌そうな顔をした。京都府大会でのひと悶着《もんちゃく》があって以来、麗奈は優子のことが苦手なのだ。

勝手に答えちゃまずかったかな。そうは思ったものの、うなずいてしまったものは仕方がない。久美子たちはみぞれの案内に従うと、そのまま優子が座るテーブルへと向かった。

「あ、久美子ちゃん」

テーブルに近づくと、少し楽しげな声をかけられた。ひらひらとこちらに手を振ってきたのは、フルートパートの希美だった。夏紀の死角となって見えていなかったのだろう、彼女の前には美味しそうなバナナクレープが置かれていた。

「ちょっと聞いてぇな。アンタの先輩、ひどない？」

優子がそう言って、自分の目の前の皿を指で示す。久美子は夏紀の顔を見るが、彼女は素知らぬ顔をしている。

「あーあー、言いがかりって嫌やわあ」

「これのどこが言いがかりやねん。みぞれの持ってきたクレープとえらい違うやんか」

「やから、サービスやってば。人の好意を無下にするなんてひどいんやから」

「よう言うわ」

二人のやり取りを、希美が楽しそうに眺めている。その袖の端を、みぞれが小さく引っ張った。

「希美もあれ、食べたい？」

「いやいや、気持ちだけでうれしいわ。わたしはこれで充分」

「……そう」

ほんの少しだけ、みぞれが残念そうに眉尻を下げる。彼女は一度目を伏せたが、それからハッとした様子でメニュー表を久美子たちへと差し出した。

「注文、どうぞ」

「ちなみに、おすすめはイチゴクレープな」

そう言って、夏紀がニヤリと笑う。この顔は何かを企んでいる顔だ。

「変な盛りつけ方しないでくださいよ？」

呆れ気味の久美子の台詞に、夏紀は意味深な笑みを浮かべただけだった。

「なんか、胸焼けがヤバイ」

「うぅ、気持ち悪い」

　クレープの模擬店を、久美子たちはやや青ざめた表情で退出することとなった。それもこれも、夏紀の悪戯《いたずら》心のせいだ。皿の上に盛られた生クリームを思い出しながら、久美子は無意識のうちに顔をゆがめる。隣で麗奈が肩をすくめた。

「もうしばらくは生クリームは食べたくないなあ」

「優子先輩、あれ全部食べ切ってたね」

「あの人負けず嫌いやからなあ。あとで体調崩さんかったらええねんけど」

「なんで優子先輩と夏紀先輩って、ああやって張り合っちゃうんだろう」

「さあ？　馬が合わへんのちゃう？」

　そういうものなのだろうか。毎回巻き込まれるこちらの身にもなってほしい。もう少し仲良くなってくれればいいのだけれど。

「さーてと、次どうする？」

　久美子の問いに、麗奈は指先を自身の頬に添えた。彼女はパンフレットに視線を落とし、それから少し肩をすくめた。

「三年の教室行こ。香織先輩とかあすか先輩のとこ」

三年生の教室が並ぶ廊下は、ほかの学年のフロアと比べても明らかに人が多かった。立て看板は華やかで、最終学年だけあって各々《おのおの》のクラスが気合を入れているのがよくわかる。

「麗奈ちゃん」

声をかけられ、久美子と麗奈は振り返った。見ると、うさぎの着ぐるみがこちらにぶんぶんと手を振っていた。その手には三年二組の催し物を示す、巨大な看板が抱えられている。

「し、知り合い？」

久美子がこそこそと尋ねるが、麗奈は困惑した様子で首をひねっている。こちらの反応に焦ったのか、うさぎは慌てた様子で自身のかぶりものを持ち上げた。その隙間から、見覚えのある顔がのぞく。

「驚かせちゃった？」

そう言って微笑を浮かべているのは、三年生の香織だった。やはり着ぐるみは暑いのか、黒髪が汗のせいで白い皮膚へと張りついている。

「なんで着ぐるみなんか着てるんですか？」

麗奈が驚いた様子で尋ねた。香織がやや得意げに答える。

「私、宣伝隊長やから」

「そ、そうなんですか」

どちらかというと、着ぐるみを着ないまま宣伝したほうが人が集まりそうだけれど。そう思ったが、香織があまりにも張り切っていたので久美子は何も言わなかった。

「ちなみに、先輩のクラスは何をやってるんですか？」

「うちのクラスはダンスパフォーマンスをやってる。もしよかったらあとで来てみて？」

そう言って、香織は看板をぎゅっと抱き締めた。そのまま彼女は話を続ける。

「そういえば、あすかのとこはもう行った？」

「まだです」

「そう。じゃあ、そっちもオススメ。結構おもしろいらしいし」

「わかりました！」

元気のいい返事に、香織は満足げに目を細めた。

「それじゃ、私は宣伝してくるから」

着ぐるみの頭部を再びかぶり、香織は肉球のついた手でひらひらとこちらに手を振った。いったい誰があの着ぐるみを用意したのだろうか。疑問を抱いたまま、久美子と麗奈はそろって小さく頭を下げた。

あすかのいる教室は、離れた場所から見ても盛況なのがわかった。入り口前には長い行列ができており、その大半が女子生徒だった。看板を見ると、『占いの館』とおどろおどろしい文字で書かれている。

「うちのクラスにウェルカーム！」

突然頭に体重をかけられ、久美子は慌てて顔を上げた。見ると、普段どおりのセーラー服姿のあすかが久美子の頭に肘を置いていた。

「先輩、離してくださいよ」

久美子がよけようとするものの、あすかはろくにこちらの話を聞いていないようだった。透明なレンズ越しに、あすかの黒い瞳が麗奈の顔を映す。麗奈はわずかに眉間に皺を寄せると、久美子のセーラー服の袖口を小さく引っ張った。久美子がそちらに顔を向けると、なぜか麗奈は焦ったようにそっぽを向いた。

「先輩はクラスのお手伝い、しはらへんのですか？」

「んー？　うちはほら、監視役やから。列がきちんと保たれているか、見張ってるってわけよ」

「そうなんですか」

「そうそう」

そう言って、あすかは愉快そうに肩を揺すった。頭部にかかっていた圧がするりとなくなり、久美子はとっさに顔を上げた。あすかは久美子から腕を離すと、その長い指先で麗奈の手首を軽くつかんだ。ぎょっとした様子で麗奈が身を震わせる。麗奈の反応に、あすかの口端がゆるりと持ち上がった。

「占い、してあげようか？」

「べつにいいです」

麗奈が即答した。しかし、あすかが手を離す気配はない。

「できるんですか？」

胡散臭さをまき散らす先輩に、久美子は思わず疑いの眼差《まなざ》しを向ける。あすかは肩にかかった黒髪を空いたほうの指先で払うと、もちろん、と即答した。

「ここは占いの館やで？　全員が占い師に決まってるやん」

「それ、出任せに結果を言ってるだけじゃないですか？」

久美子の言葉に、あすかは人差し指をキザったらしい動きで左右に揺らした。

「ノンノン。そんな無粋《ぶすい》なこと言ってたらあかんで。ほら、信じる者は救われるって言うやん？　こういうのは楽しんだもん勝ちやねんて」

「は、はあ。そういうものですか」

「そういうもんなの」

そう仰々しくうなずいたあとに、あすかは麗奈の手首をくるりとひねった。白い手のひらが、蛍光灯の光に照らされる。あすかは目を細めると、なんとも神妙な口調で告げた。

「あー、これはいい運勢が向いてきてますな。この調子でいけば、全国大会では金賞間違いなしですぞ！」

「うわあ、絶対テキトーですよねソレ」

露骨に疑念をぶつける久美子に、あすかは肩をすくめた。その指が今度は久美子の手をつかむ。

「久美子ちゃんは……ムムッ、これは危険ですぞ！　お化けに取り憑《つ》かれる未来が見える！」

「そんなわけないじゃないですか。テキトーなこと言わないでくださいよ」

久美子の台詞にあすかは呆れたようにため息をついた。

「もう、久美子ちゃんはあかんね。こういうのはノリが大事なわけ！　占いなんて、都合がいいことだけを信じときゃいいねんて」

そう大声で言い放ち、あすかは軽く久美子の背中を叩いた。ここで麗奈の背を叩かないのは、彼女が冗談を許してくれるタイプではないからだろうか。がやがやと騒いでいると、不意に背後の窓が開いた。

「もう、あすか。遊んでないでちゃんと手伝って」

窓の隙間から、ローブ姿の小笠原《おがさわら》が顔を出す。あれ？　と久美子は首を傾げた。

「部長とあすか先輩って、別のクラスですよね？」

「そうやけど、人数足りひんから手伝ってもらってんの」

そう平然と答えたあすかに、麗奈は不思議そうに首を傾げる。

「そんなん、してもらっていいんですか？」

「いいのいいの。基本的にうちの文化祭はなんでもありやから」

「そ、そうなんですか」

ひらひらと手を振りながら答えるあすかに、小笠原が眉間に皺を寄せた。

「雑談はええから、早くあすかも占い師役やってよ」

「えー」

「文句言ってんと、早く」

あすかは明らかに嫌そうな顔をしていたが、部長に説得されてしぶしぶ教室のなかへと戻っていった。扉の隙間から、あすかがこちらにブンブンと手を振る。

「二人とも、ちゃんと文化祭を楽しみや」

「楽しむ前にまず仕事！」

「はいはい」

部長の声が扉越しに聞こえてきて、久美子は思わず苦笑した。隣を見ると、麗奈はじっと自身の手のひらの皺を眺めていた。

「どうしたの?」

久美子の問いに、麗奈は真剣な面持ちで答えた。

「さっきのあすか先輩のアレ、じつはほんまやったりして」

「そんな馬鹿な」

だいたい、お化けに取り憑かれるってなんだ。心のなかで突っ込みながら、久美子はパンフレットへと視線を移した。


秀一のクラスの茶屋は、あまり繁盛していなかった。教室内にポツポツと客の姿は見えるが、それでも空席のほうが目立っている。久美子たちはいちばん端のテーブルに着席し、どちらからというわけでもなく脱力したように姿勢を崩した。従業員役の生徒たちは皆、浴衣を着ている。おそらく、制服代わりなのだろう。

「お、ほんまに来たんや」

教室の奥のほうから秀一がひょっこりと顔を出した。彼は黒色の浴衣を身にまとっていた。光の反射によって、その布地の色が変化しているようにも見える。

秀一は久美子に向かってひらりと手を振ったが、その傍らに座る麗奈にぎょっとしたように目を見張った。

「高坂も来てたんやな」

麗奈は秀一のほうへと視線を向けると、その唇を弧にゆがめた。

「悪い？」

「いや、悪くはないですけども」

そう答えながらも、秀一は麗奈から少し距離を取るように久美子の近くの席へと腰かけた。彼は麗奈のことが苦手なのだった。

「お客さん、あんまり来てないね」

久美子の言葉に彼は苦笑した。そうやな、と肩をすくめる。

「ほかの喫茶店系のクラスに客取られてるみたいでさ」

「まあ、抹茶そのものが好きな子って多いわけやないしね」

麗奈は少し退屈そうに、黒髪の先端を指に巻きつけて遊んでいる。艶のある髪がするりとほどけていくのが視界に入った。

「どっか回ってきたん？」

秀一が二人の前にメニューを置きながら尋ねてくる。お手製のメニュー表には女子らしい可愛らしい文字で商品名と値段が羅列してあった。

「うーん。夏紀先輩のクラスでクレープ食べて、あとは三年生のクラスを見に行ったかな」

「へえ。どうやった？」

「いろいろとおもしろかったよ。香織先輩が着ぐるみ着てたりして」

「え？　着ぐるみ？　なんで？」

「宣伝隊長だからなんだって」

「へえ。香織先輩って、たまにちょっと変わってんなあ」

秀一がしみじみとつぶやいた。同意を示すよう、久美子も小さくうなずく。

「あ、アタシ紅茶のストレートで。あと、抹茶のロールケーキ」

麗奈がメニューを指差して、秀一に声をかけた。久美子も慌ててメニューへと視線を落とした。抹茶を頼んでもいいが、苦いのはあんまり好きじゃない。

「久美子はどうする？」

そう秀一に尋ねられ、久美子は反射的に答える。

「あ、麗奈と同じやつで」

「ふーん」

秀一が何か言いたげに目を細める。麗奈が揶揄するような笑みを浮かべた。

「べつに急いで決めんくてもいいねんで」

「あ、いや、私もこれが食べたかったから」

「ならいいけど」

そう口では言っているものの、麗奈は少し呆れているようだった。自身の思考を見透かされたみたいで、久美子は思わず赤面する。こうやって他人に流されてしまう自分の性格を変えたいと何度も思ってはいるのだが、染みついた習性はどうにも消えそうにない。

「じゃ、持ってくるから。ちょっと待っといて」

秀一はそう言ってメニューを回収すると、軽やかな動きで仕切りの奥へと消えていった。おそらく、区切られた教室の一部を調理場にしているのだろう。

麗奈は頬杖をつくと、何やら意味深な視線をこちらに送ってきた。睫毛に縁取られた瞳が、光を浴びて不思議な色にきらめく。

「久美子って、明日午後から暇やねんな？」

「あ、うん。シフト午前中だけだから」

「なんか予定決まってんの？」

「一緒に回る子もいないし、シフトの子らの手伝いしようかなーって思ってるよ」

「へえー」

麗奈は考え込むように、わずかにその眉間に皺を寄せた。声をかけることがはばかられて、久美子は窓の外へと目を向ける。天気は快晴。青空には雲ひとつ浮かんでおらず、太陽を遮るものは何もない。窓から射し込む光が机の一部を照らし出す。そこに指先で触れると、木製の表面は燃えるように熱かった。

「お待たせ」

秀一がそう言って、紅茶とケーキを机へ並べていく。市販品であろうケーキは切り方のせいで、少し不格好な形をしていた。カップから漂う紅茶の湯気が、久美子の頬を優しくなでる。久美子は甘い空気を思い切り吸い込むと、口元を綻ばせた。

「美味しそうだね」

「ま、うちのクラスの女子が厳選したらしいから」

「いただきまーす」

麗奈がそう言ってケーキを口に運んでいる。久美子も慌ててフォークを手に取った。銀色の先端が、緑色のスポンジへと柔らかく沈む。やや雑な動きでひと口サイズに切り分けると、久美子はそれを口に含んだ。濃厚なクリームの甘さが舌に広がる。飲み込むと、喉の奥にわずかに苦味が残った。

「どう?」

秀一に問われ、久美子は素直に答える。

「美味しいよ」

「ほんま? よかったー」

仰々しい動きで彼が胸をなで下ろす。そのやり取りを無表情のまま見守っていた麗奈が、そこでふと自身のポケットを探り出した。

「どうしたの？」

久美子の問いに、彼女はなぜか秀一のほうを見た。その手には、紙製のチケットが二枚握られている。

「うちのクラスさ、お化け屋敷やんの」

「お、おう」

「でさ、明日の午後からアタシがシフト入ってんの。塚本、暇なんでしょ？」

「あ、うん。暇やけど」

意図をつかみ兼ねているのだろう、秀一が困惑した様子で麗奈の顔を見つめる。彼女は相変わらず澄ました顔をして、彼のほうへとチケットを突き出した。

「来て。無料チケットあげるから」

「いや、でも、」

「来なさい」

ぴしゃりと言い切られ、秀一はおそるおそるという具合に麗奈からチケットを受け取った。どうにも彼は麗奈に対してビビっているように見える。彼は二枚組の紙片を凝視し、それから麗奈のほうを見た。

「でもやっぱ、二枚もらっても一緒に行くやつが――」

「久美子と来れば？」

「えぇっ」

唐突に話題のなかに放り込まれ、つい声が裏返ってしまった。教室内に響いた自分の声に、久美子は顔を赤らめた。麗奈が平然と言い放つ。

「久美子、明日は午後から暇って言ってたやんか」

「それはそうだけど」

「二人が来てくれたら来場者数増えるし、こっちとしては助かんねんなあ」

そう言いながら、麗奈は何やら身じろぎした。直後、秀一が「痛っ」と短い悲鳴を上げる。いったい何が起こっているのだろうか。首をひねる久美子とは対照的に、秀一はすべてを察した様子でくしゃりと自身の髪をかき混ぜた。

「あー、じゃあ、明日行く？」

改まって言われると、胸の奥がなんだかこそばゆい。体中の熱が自身の頬に集まっているような気がする。それをごまかすように、久美子はなんでもないような表情を繕った。

「まあ、いいけど」

その傍らで、麗奈がいつもどおりのツンとした表情で紅茶を飲み干している。空になったカップの底には、茶色の液体がわずかに付着していた。なぜか恭《うやうや》しい仕草で秀一がそのカップを手に取る。久美子がそちらを見やると、彼は視線から逃れるように麗奈のほうへと向き直った。

「おかわり、サービスするわ」

秀一の台詞に、当然だと言わんばかりに麗奈は鼻を鳴らしてみせた。

文化祭二日目。この日も天気は快晴だった。緑輝が絶賛していたエプロンドレスを身にまとい、久美子は欠伸を噛み殺した。一年三組の喫茶店は大繁盛しており、まだ午前中だというのに客足が途絶える気配はない。売上が大きければもちろんうれしいのだけれど、いくら稼いでも最終的には学校が全額を回収して寄付してしまうため、生徒たちには一銭も入ってこない。頑張っても見返りがないのだから、やる気を出せというのが無理な話であると、久美子は密かに思っている。そう考えると、学校行事のひとつだからといって頑張れるクラスメイトたちは本当に偉い。

「いらっしゃいませー」

客の姿を目の端に捉え、久美子は反射的に言葉をかけた。

「……お疲れ」

「久美子ちゃん、似合ってるな」

こちらへと投げかけられた言葉に、久美子はハッとして意識を客のほうへと向けた。

少し照れたようにこちらに微笑みかけていたのは、先輩である梨子だった。その隣には気恥ずかしそうな様子の卓也がたたずんでいる。久美子は慌てて二人のもとへと駆け寄った。

「来てくれたんですね。うれしいです」

そう言いながら、二人を空いたテーブルへと案内する。梨子は周りをキョロキョロと見回し、感心したように告げた。

「それにしても、制服とか家具とか凝ってるんやね」

「みんな頑張ったみたいですよ。私は吹部の練習があったんで、あんまり準備には参加できなかったんですけど」

「それは仕方ないよ。うちもあんま手伝えへんかったもん」

「……俺も」

梨子の台詞に、卓也が同意を示すようにうなずいた。吹奏楽部は夏休み後もみっちり練習が詰まっていたため、ほかの生徒たちのように文化祭の準備に時間を割くことができなかったのだ。

「そう考えると、三年生の先輩とかすごいですよね。みんな参加してて」

昨日のことを思い出しながら、久美子はつい本音を漏らす。三年生は久美子たちと違って受験勉強もしなければならないのだ。ただでさえ部活との両立で大変なのに、そのうえ文化祭の手伝いまでするとなると、かなりハードな生活になってしまっただろう。

こちらの思考を読み取ったかのように、梨子が笑った。

「確かに大変やろうけど、ああいうのって積極的に参加してる人のほうが志望校に受かったりするねんで」

「そうなんですか？」

「そうそう。やっぱり何事も全力で取り組める人のほうが結果を出せるんちゃうかな」

そういうものなのか、と久美子は神妙な顔でうなずいた。

秀一が久美子を迎えに来たのは、二時を過ぎたころだった。彼は三組の生徒用に設置された裏口から顔を出すと、こちらに向かってなんとも言えない表情で手招きした。

「……来たけど」

足を踏み入れた秀一に、周りの生徒たちから好奇の視線が突き刺さる。しまった、集合場所を決めておけばよかった。そう思いながら、久美子は急いで秀一のもとへと向かう。

「彼氏？」

「違うよ、友達！」

クラスメイトのからかいを含んだ問いに、久美子はややムキになって答える。その反応に満足したのか、友人たちはケラケラと愉快げな笑い声を上げた。

「ごめんね、なんか騒いじゃって」

謝罪する久美子に、秀一は苦笑しただけだった。友人たちは好奇心を隠そうともせず、ただニヤニヤとこちらを見ている。そんな彼女たちをにらみつけ、久美子は秀一の腕を強引に引っ張ると教室をあとにした。


「ちょっと急ぎすぎちゃう？」

秀一に言われ、久美子はそこでようやく足を止めた。彼は自身の腕をつかむ久美子の手へと視線を落とし、それから少し困ったように眉尻を下げた。

「あ、ごめん」

久美子は慌てて手を離す。からかわれたのが恥ずかしくて、つい何も考えずここまで進んできてしまったのだ。秀一は久美子から視線を逸らすと、大げさな動きでパンフレットを広げてみせた。

「それにしても、お前のクラスめっちゃ繁盛してたな」

こちらに気を遣って話題を変えてくれたのだろう。心のなかで感謝しつつ、久美子は素直にうなずいた。

「そっちはどうなの？」

「相変わらずって感じ。……高坂のクラスのお化け屋敷も結構人気みたいやな」

「麗奈ってばなんの仕事してるんだろうね。受付とか？」

「さあ？　意外にお化け役とかかもよ？　教えてもらってへんの？」

「うん、秘密って言われて」

「それ、なんか企んでるんちゃうやろな」

秀一の表情がやや引きつったものになる。そんなわけないじゃん、そう笑いながら返すと、なぜか秀一はため息をついた。

「ま、高坂には借りがあるからあんま悪くは言えへんけどさ」

「借り？　何それ」

「いや、久美子には言えへんけど」

「ふーん」

隠しごとをされるのは好きではない。すねるように唇をとがらせた久美子の肩を、秀一が軽い調子で叩く。彼の手のひらは大きい。女子のそれとは明らかに違う、男子の手だ。

「まあまあ、気にすんなよ」

「べつに気にしてないけど」

「嘘つけ」

秀一はなぜか機嫌がよさそうだった。その緩んだ横顔に意味もなく動揺して、久美子はそっと辺りへと視線を散らした。廊下を通り過ぎる生徒たちは皆、一様に浮かれた顔をしている。宣伝係の生徒は大きな看板を抱えており、自身の所属するクラスの名を連呼していた。廊下に上靴がこすれる音が、話し声に紛れて聞こえてくる。

「早く行かないと、時間なくなっちゃうよ」

「いやいや、余裕やろ」

「いいから」

久美子はそう言って、秀一の手からパンフレットを奪い取る。紙製の表紙はやけに湿気を含んでいた。


麗奈のクラスのお化け屋敷はなかなかに繁盛している様子で、なかに入るまでに三十分も並ばなければならなかった。段ボールで隠された窓越しに、客たちの悲鳴が聞こえてくる。手作りのお化け屋敷なんて大したことないと思っていたけれど、出てくる客のリアクションを見ていると、久美子の胸のうちに不安な気持ちがどんどんと募ってきた。

「やめとくか？」

秀一が意地の悪い笑みを浮かべて尋ねてくる。久美子は頬を膨らませた。

「べつに、大丈夫だし」

「ふーん？」

「何その言い方」

「べっつにー」

秀一がそう言ったところで、受付の生徒がこちらへと声をかけてきた。

「二名様ですか？」

「あ、はい」

少し慌てた様子で秀一が胸ポケットからチケットを取り出す。昨日、麗奈から押しつけられたものだ。よくよく見ると、チケットの右端にはおどろおどろしい絵柄で女の人が描かれている。そんなところまで凝らなくとも、と久美子は恨みがましく思った。

「ライトはひと組で一本となっております。何かトラブルがあった場合は、出てから受付の人間にお申しつけください」

「トラブル……」

その単語を聞いた瞬間、久美子の脳裏に昨日のあすかの台詞が蘇った。

お化けに取り憑かれる未来が見える！

いやいや、まさか。そんなはずはない。でも、万にひとつの可能性も――。脳内で問答を繰り返していたのが顔に出ていたのか、秀一が呆れたように言った。

「マジで大丈夫？」

「大丈夫だってば」

そうムキになって言い返すと、彼は苦笑した。その指先が細い懐中電灯をスラリとなでる。百円均一で売っていそうなライトだ。その細さに少々頼りなさを感じつつも、久美子は自身の制服の裾をつかんだ。大きく息を吸い込むと、肺が膨れてちょっとだけ安心する。

「では、どうぞ」

受付の生徒に促され、二人はゆっくりと教室のなかへ足を踏み入れた。普段は授業を受けるために存在する教室も、このときばかりは異質な雰囲気を醸し出している。段ボール製と思われる壁で室内は区切られており、細長い通路が入り組んでいるような形になっている。暗闇のなか、ライトから放たれる光が壁に白い円を描いていた。

「こんなふうになってたんだね」

静寂のなか、久美子の声が響く。どこのスピーカーから流しているのか、二人が歩くたびにぴちゃりぴちゃりと水滴の落ちる音がする。

「作んの大変やったやろうな」

秀一がつぶやく。その声は普段よりもずっと静かだった。もしかして、と久美子は思う。

「秀一、怖いの？」

そう聞くと、彼は泡を食ったようにうろたえた。その手に握られたライトが、不安定な動きで揺れる。

「はぁ？　怖いわけないし」

「いやいや、絶対ビビってるでしょ」

「ビビってないし」

そう言い争っていると、唐突に二人の顔に何やら冷たいものがぶつかった。べちゃり、となんとも耳障りな音が響く。

「うわあ！」

「ちょっ、」

あまりに気味の悪い感触に、思わず久美子は秀一のシャツの裾をつかんだ。彼は面食らった様子で、焦ったような声を出した。久美子は未知の異物を取り除こうと、必死になって目の前のものを払いのけた。

「落ち着けって」

秀一がそう言って、久美子の腕をつかむ。彼の手のひらの乾いた感触が、久美子の手首に食い込んできた。

「ビビりすぎ」

秀一が先ほどぶつかった物体をつまみ上げる。懐中電灯に照らし出されたそれは、糸で吊るされたこんにゃくだった。その正体を認識した瞬間、久美子は思わず赤面した。古典的すぎるよ、と言い訳のようにつぶやく。

「やっぱり怖かったんやんか」

にやにやと意地の悪い笑顔を浮かべながら、秀一がこちらを見ている。久美子は唇をとがらせた。

「あーもう！　いまのなし！」

「めっちゃ笑える。いまのリアクション傑作すぎ」

「うるさい」

「痛っ」

背中を小突くが、彼は笑うのをやめなかった。久美子は彼からライトを奪い取ると、勢いのまま足を進めた。

「だいたい、手作りのお化け屋敷なんて怖くないし。本物のわけないんだから」

「まあ待てって」

秀一が慌てた様子であとを追ってくる。その間にいくつかのギミックに引っかかった様子で、後方から「ぎゃあ」だとか「ひい」だとか間の抜けた悲鳴が聞こえてきた。

教室の床には紙粘土で作られたと思われる死体が転がっていた。なんともリアルな着色だ。このクラスの大道具係はかなり有能らしい。そんなことを考えながら、久美子は飾られた小道具を観察する。そういえば麗奈のクラスの生徒たちは準備にかなりの時間をかけていた。そんなことを思っていると、不意に久美子の肩を誰かが叩いた。

「あー、やっと追いついた」

そう言って、秀一は大きく伸びをした。短期間のうちに、なんだかげっそりとした気がする。

「遅かったね」

そう声をかけると、彼は大仰にため息をついた。

「お前な、灯りなしでちゃんと歩けるわけないやろ？」

「なんかいろいろ引っかかってたみたいだしね」

「そりゃあ久美子はすごい勢いで歩いてたから気づかんかったかもしれんけど、めっちゃ怖いのあったからな。棚の扉がいきなり開いて、お化けがばーん！　みたいな」

「……早口だね」

「そりゃあ早口にもなるわ！　っていうか、置いてくとかひどない？」

よほどびっくりしたのか、彼はいつになく興奮していた。その情けない顔を見ていると少し溜飲《りゅういん》が下がったので、久美子は素直に懐中電灯を秀一へと手渡した。

「先行っちゃってごめんね」

「まったく、ごめんで済んだら警察いらんで」

そう言って、秀一はフンと鼻を鳴らした。「まあまあ」と、久美子は彼をなだめにかかる。そんな久美子の肩が、再び叩かれた。

「何?」

久美子はとっさに秀一の顔を見る。彼は困惑した様子で首をひねった。

「何って、何が?」

「いま肩叩いたでしょ?」

「いや、叩いてないけど」

その言葉に、なんだか嫌な予感がした。ざらりと、舌の上に苦い感触が広がる。懐中電灯の光を凝視しながら、久美子は尋ねた。

「それ本当? 私に追いついてから、一度も叩いてないの?」

「はい? なんで俺が久美子を叩かなあかんわけ?」

「いや、だって――」

言い返そうとしたところで、不意に久美子の肩に先ほどと同じ衝撃が走った。秀一が息を呑む気配がする。久美子はおそるおそる、肩へと伸びる手に視線を向けた。安っぽい懐中電灯の光が、久美子の隣へと注がれる。

「うわああ！」

そこにいたのは、血まみれの少女だった。長すぎる髪の毛でその表情は隠されている。久美子は悲鳴を上げ、それから秀一の腕を引っ張った。駆け出すと、血まみれの少女は這《は》うようにしてこちらを追ってくる。……まさか本物のお化け？　京子さん探しのときに見たあの子だったらどうしよう！

「ムリムリムリムリ！」

そこから出口までは、ほとんど一瞬だった。数々のギミックを完全に無視し、久美子はただ狭い通路を全速力で走り抜けた。

「お疲れ様でしたー」

ようやく出口の扉を開いたとき、受付係の生徒がこちらに向かってにこやかに微笑んだ。まばゆい外の光が教室のなかへと差し込む。時計を見ると、入ってから五分も経っていなかった。

「お前、走りすぎ。ほかに何があんのか全然わからんかった」

腕を引っ張られていた秀一が呆れたように告げる。懐中電灯を返却し、彼はこちらを見下ろした。だって、と久美子は唇をとがらせる。

「本気で怖かったんだもん」

「まあ確かに。あれは俺もビビったけど」

「お化け屋敷で全力ダッシュやなんて、ほんまにもったいないんやから」

突如として投げかけられた声に、久美子は慌てて振り返った。見ると、そこには先ほどの少女が立っていた。

「ぎゃー！」

思わず秀一の後ろに隠れる。彼はこちらを振り返ると、なぜか顔を赤くした。

「お前、まだ気づいてへんの？」

「気づくって？」

「ほら、よく見てみいや」

彼の言葉に促され、久美子はまじまじとその少女を観察した。暗闇では本物の血だと思われた赤は、照明の下で見ると明らかに絵の具で着色されたものだった。ほっそりとした脚が、乱暴に裂かれたワンピースからのぞいている。彼女は裸足だった。久美子は髪に隠された少女の顔を凝視し、それからおそるおそる問いかけた。

「……もしかして、麗奈？」

その台詞に、少女は髪をかき上げた。ボサボサのウィッグを少しずらすと、途端に見慣れた麗奈の顔が現れる。こちらと目が合うと、彼女は思わずという具合に噴き出した。

「久美子ってば、めっちゃ反応いいねんもん。笑っちゃった」

「いやいやいや、麗奈が怖すぎるんだよ」

先ほどの姿を思い出し、久美子は唇をとがらせた。麗奈は笑いをこらえようとしているのだろうが、体が小刻みに震えているためまったく隠せていなかった。血まみれの顔のまま目元を拭っている彼女の姿はなんともシュールで、その愉しげな姿を見ていると文句を言う気も失せてしまった。

「……麗奈って、お化けの才能あるよ」

そう真面目な口調で告げる久美子に、彼女は再び笑い出したのだった。

十二　新三年生会議

　コンクールを終え、これまで頑張ってきた三年生もついに引退を迎えた。これまで三年生に任せっ切りにしていた部内運営も、これからは二年生が主体となって行わなければならない。部室から姿を消したあすかの姿を脳内に描きながら、卓也は深いため息をついた。

「では、新三年生会議を始めます」

　現在、音楽室には二年生部員の姿しかなかった。廊下の向こう側からは、一年生たちが一生懸命練習している音が聞こえてくる。クリスマスコンサート用の曲だった。

　黒板の前には進行役の優子が立っている。二年生は部のなかでいちばん人数が少ない学年だ。そのなかで、リーダーとして周りをまとめていくことにもっとも長《た》けている人物は優子だ。そう卓也は認識していたし、おそらくそれはほかの部員たちも同じだろう。優子はキリリと眉を吊り上げると、指先でつかんだチョークで役職名を書き始めた。濃緑色の表面に、白い文字がいくつも並ぶ。吹奏楽部にはたくさんの役職があり、それをすべて決めるのはかなり骨の折れる作業だった。部長、副部長、コンマス、楽譜管理、楽器運搬、パートリーダー……等々。学校によって役職名に違いはあるが、部内において必要な仕事というのはだいたいどこでも同じだ。

「では最初に、部長から決めます」

　その言葉に、部員たちの視線は前に立つ優子へと一斉に向けられた。北宇治高校吹奏楽部では、部長、副部長という役職は前任者である三年生たちの指名によって決められる。このとき指名された生徒には拒否権があり、それを受け入れるかどうかは本人次第だ。去年の場合、先輩たちは部長としてあすかを指名したが、あすか本人がそれを拒否した。そのため指名が小笠原に回り、現在の体制となったのだ。

新三年生会議は、部長、副部長が決定してから行われる。そして会議の進行を担うのは、三年生が部長として指名した人物となる。つまり、この会議が始まった時点で二年生は誰が新しい部長になるのか知っているのだ。

教卓に手を乗せ、優子がぐっと息を吸う。

「部長に指名されました、吉川優子です。これから一年、頑張っていきたいと思っています。私が部長になるにあたって、反対の方はいるでしょうか？」

そう言って、優子はぐるりと教室を見回した。反論する人間はいない。優子はほっとしたように唇を緩めると、それをごまかすように軽く咳払いをした。

「では、賛成の方、拍手をお願いします」

その指示に、卓也はぱちぱちと手を叩いた。教室に拍手の音が響く。優子はぺこりと頭を下げたが、その頬はわずかに紅潮していた。

「いまの拍手で、信任されたとみなします。続きまして、副部長の信任です」

優子の台詞に、教室の空気はざわついた。先輩たちが誰を副部長に指名したのか、知っている人間はいないのだ。卓也は遠慮がちにあちこちへと視線を送る。優子を支えることができるという点ではみぞれがいちばん向いているような気がするが、彼女が人前でハキハキと指示を送る姿は卓也にはさっぱり想像できなかった。

ガタリ。椅子を引く音が横から聞こえ、卓也は眼だけをそちらへと動かした。

「……副部長に指名された、中川です」

そう言って、夏紀はなぜか不機嫌そうな表情を浮かべた。お前が副部長かよ。そう思ったのは卓也だけではなかったらしく、黒板の前で優子が叫んだ。

「はあ？　なんでアンタが副部長なん？　聞いてないねんけど」

「そりゃ、言ってへんし」

興奮した様子の優子に対し、夏紀は気だるげに言い返す。先ほどまで優秀な司会者役を演じていたというのに、このサプライズに優子は我を忘れているようだった。

「っていうか、えぇっ？　先輩らマジなん？　なんでアンタが副部長？」

「そんなんうちに言われてもしゃあないやん。うちもアンタが部長って聞いたときはビビったし」

「いやいやいや、おかしいやんか。うちとアンタの相性が最悪って、みんな知ってるやろ？　なんで先輩はこんなふうに割り振ったん？」

「あー……」

優子の問いかけに、夏紀は困ったように頭をかいた。好奇心を隠し切れず、周りの部員たちも興味津々という具合に彼女たちとのやり取りを見守っている。

「なんか、あすか先輩いわく『おもしろいから』って」

「んなあほな」

優子は脱力した様子で教卓へと突っ伏した。ほかの先輩ならば冗談だろうと一笑に付せる内容だが、あすかの場合はもしかして本気なのでは、と思わせてしまうから恐ろしい。

がっくりと肩を落とす優子の隣に並び、夏紀は大きく息を吸い込んだ。

「えー、なんか知らんけど副部長に推薦された中川夏紀です。ほんまはめっちゃ嫌ですけど先輩からの頼みなんで、まあ、副部長としてコイツをサポートしてやろうかと思ってます。よろしくです」

夏紀がぺこりと頭を下げる。優子は眼を細め、はあと深いため息をついた。

「あー、そういうわけで、夏紀が副部長になることに賛成の方は拍手をお願いします」

優子の指示に従い、部員たちは教室の前に立つ二人に拍手を送った。それにしても大胆な人事だ。先輩たちは何を考えてあの二人を部長、副部長にすることに決めたのか。

夏紀と優子は互いににらみ合っていたが、やがて諦めたように夏紀から先に視線を外した。彼女は白いチョークをつかむと、先を促すようにその顎を小さく動かした。

「進行どうぞ、部長」

なんだか嫌みな言い方だった。優子は不機嫌そうに頬を膨らませたが、部員たちの視線に気がつくと軽く咳払いをした。

「あー、わかりました。とりあえずこの件はあとで個人的に話すとして、先にほかの役職について決めます。これから挙げる役職は基本的には立候補制ですが、誰もいないと推薦制になってしまいます。基本的に一人一役職です。なので大変な仕事を避けたい人は、できるだけ自分から立候補してください。よろしくお願いします」

卓也はそっと梨子のほうを見やる。彼女は黒板に並んだ文字を真剣な面持ちで眺めている。おそらく、なんの役職に就くかを悩んでいるのだろう。二年生は部員数が少ないので、ほとんどの部員が役職に就くことになる。文句を言っている暇はない。

互いに相談し合う部員たちのざわめきを断つように、優子はパンと軽く手を叩いた。その仕草はどこかあすかを連想させるものだった。もしかすると、先輩の姿を見ているうちに無意識に真似るようになったのかもしれない。同じことを考えたのか、優子の一挙一動を眺めていた夏紀が、過去を恋しがるように静かに息を吐き出した。

優子の指先が、黒板の文字列へと向けられる。

「ではまず、パートリーダーから決めていきます——」

結局、卓也は低音パートリーダーとなった。去年が副パートリーダーだったから、順当な流れだ。ちなみに副パートリーダーは梨子になった。コンマスを決めるのにやたらと時間がかかってしまい、会議は予定していた終了時刻をかなり過ぎてしまった。外はすでに暗く、吐き出した息が白かった。

「寒いなあ」

マフラーを首に巻き、梨子が手のひらをこすり合わせる。寒さのせいか、その鼻先はうっすらと赤く色づいていた。

「もう十一月やしな」

答えながら、卓也は梨子の手をさりげなく取る。冷え切った彼女の手をつかんだまま自身のポケットに突っ込むと、梨子は照れたような笑みをこぼした。

「ふふ、あったかい」

「……そう」

なんだか恥ずかしくなって、卓也は思わず目を逸らす。付き合い始めてから、卓也と梨子は一緒に帰るのが恒例となっていた。卓也にとって、梨子は初めての恋人だった。周りにいる男子と違い、自分は口数も少ないし、相手を楽しませることも苦手だ。こんな自分と一緒にいて、梨子は退屈ではないのだろうか。そのことを考えると、卓也はいつも素手で心臓をぎゅっとつかまれたような感覚に襲われる。ごろごろと肺の底に転がる陰鬱な感情を消し去ろうと、卓也は無理やり大きく息を吐き出した。

「それにしても、夏紀が副部長やなんてびっくりやね」

梨子の言葉に、卓也は静かにうなずいた。

「あすか先輩、何考えとんのやろうな」

「でも、いい組み合わせやと思うよ。あの二人、なんだかんだ言って息ぴったりやし」

「そうか？」

梨子の言葉に卓也は首をひねる。あの二人、そろうといつも口喧嘩ばかりしている気がする。お互いの何が気に食わないのか、彼女たちは顔を合わせるとすぐさま言い合いを始めるのだ。あすか先輩はいったい何を思って、アイツに副部長を任せたのだろうか。

眉をひそめる卓也に、梨子がくすりと笑みをこぼした。

「優子って暴走することも多いから、そういうときのあの子を抑えられるのはこの部で夏紀だけやと思うねん。そう考えたら、結構いいコンビなんちゃうかな？　熱い優子と冷めてる夏紀で、うまく部活を回していけると思う」

「そういうもんか」

「そういうもんやと思うなあ。そもそも、女の子同士で言い合いができるってことは、仲がいい証《あかし》やしね。ほんまに仲が悪かったら、あんなふうにお互いに絡んだりしいひんし」

「なるほど」

梨子がそう言うならそうなのだろう。納得したようにうなずいた卓也に、梨子は笑みを深くした。つながれた指に力が込められたのがわかる。

「二年生の役職は決定したし、次は一年生の会議やね」

「うちのパートのやつら、どうなるやろ」

「あの子らも先輩になるねんなあ。なんか不思議な感じ」

「確かに……川島《かわしま》が先輩か」

今年入部してきた川島緑輝はやや変わった性格をしていた。彼女が先輩として後輩を指導している姿というのは、卓也にはあまり想像できない。

「ふふ、きっと大丈夫やって」

そう言って、梨子は卓也へと微笑みかけた。その笑顔を見ていると、なんだか大丈夫な気がしてくるから不思議だ。卓也は意味もなく眼鏡をかけ直すと、梨子の顔を見下ろした。

「……俺らも、三年か」

「うん。三年生として頑張らんとね」

同意を示すように、卓也は無言で首を縦に振る。互いに手をつないだまま、二人は黙って足を進めた。吹き込んでくる風が梨子の髪をなでていく。柔らかな髪がくしゃりとゆがむのをぼんやりと眺めながら、卓也は静かに息を吐き出した。

三年生。

その言葉にどこか寂しさを感じるのは、別れを予感させるからだろうか。卓也は自身の指先に力を込めた。それに反応したように、つないだままの梨子の手がぎゅうと卓也の指を握り締める。何も言葉を交わさないまま、二人はただ通学路を歩く。寒さが頬に突き刺さった。冷気をはらんだ風に、卓也はぶるりと大柄な身体を震わせる。

春はまだ、来そうになかった。

十三　お兄さんとお父さん

初めて習った楽器はピアノだった。父親の知り合いが経営しているピアノ教室に、毎日のように通っていた。先生は、四十歳過ぎの女の人だった。麗奈はあの先生が好きだった。幼い麗奈に対しても、きちんと対等に話してくれるから。教室が開くピアノのコンサートにも何度も出た。綺麗な洋服を着て、可愛い靴を履いて、同じ年ごろの子供たちとともに舞台に立った。

バイオリンの教室にも通った。でも、演奏していていちばん好きなのはトランペットだった。だって、お父さんが教えてくれるから。ほかの習い事がどんなに忙しくても、麗奈は絶対に楽器の練習だけは手を抜かなかった。音楽が好きだったから、教室に通うのが嫌になったことなど一度もなかった。弾けなかったものが弾けるようになるのが楽しかった。麗奈は練習が大好きだった。

「麗奈ちゃんにはわからへんよ」

吐き捨てられた言葉に、麗奈は息を呑んだ。小学校三年生だったころ、麗奈は友達だと思っていた子にそう言われた。真っ赤なランドセルを抱き締めた由佳《ゆか》は、その大きな瞳いっぱいに涙をためていた。

今日は、音楽発表会の演奏者を決める日だった。麗奈の通っていた小学校では、音楽発表会でクラスごとに合唱するのが決まりとなっていた。ピアノの伴奏も生徒が担当しており、麗奈は毎年演奏者に選ばれていた。正直なところ、いつもピアノ教室で練習する譜面と比べると、学校から渡される楽譜の中身はずいぶんと容易なものだった。

「麗奈ちゃんには、うちの気持ちなんて絶対わからへん」

由佳が乱暴な動きで目をこする。嗚咽《おえつ》混じりのその言葉に、麗奈は困惑した。由佳は麗奈と同じく幼いころからピアノを習っていて、去年は伴奏者として発表会でピアノを演奏した。そのため今年もピアノを弾くのだと思っていたらしく、麗奈が伴奏を担当すると決まった直後から号泣し始めたのだった。

麗奈は彼女の演奏が下手くそだなんて思ったことは一度もなかったけれど、自分より上手いと思ったこともなかった。二人の演奏を聴き比べて先生が麗奈を選ぶのは当たり前の話で、だからこそ彼女がこちらに文句を言うことに困惑した。麗奈だってピアノのコンクールでほかの子に負けることはあるけれど、悔しいと思ってもその感情を相手へとぶつけたことは一度もなかった。だって、自分が負けたのは自身の努力が足りなかったせいだから。ほかの子に言ってもどうしようもないではないか。

「なんでそんなこと言うん？」

麗奈の問いに、由佳はその表情を苦しそうにゆがめた。

「だって、麗奈ちゃんはいつでもピアノの練習できるんやろ？　家に楽器あって、ピアノ弾けるんやろ？」

「えっ、由佳ちゃんの家にはピアノないん？」

予想外の言葉に、麗奈は目を見開いた。ピアノ教室に通っているのにピアノが家にないとはどういうことだろう。麗奈の家にはピアノは二台あるし、ほかの楽器も複数そろっている。この前の誕生日のときには、自分用のトランペットも買ってもらった。楽器がなくて困る状況など、生まれてから一度も経験したことがない。

「うちの家、お金持ちちゃうから。練習は教室のピアノか音楽室のピアノ借りてやってんの」

「それやったら、練習する時間が足りひんくない？」

「足りひんよ。けど、おけいこのお金出してもらってるだけでもありがたいし。上手く演奏できたらおばあちゃんたちも喜ぶから。そやから、いままで頑張って伴奏担当やってきてん」

由佳はそう言って、ゴシゴシと目元をこすった。

「麗奈ちゃんはさ、いっつも当たり前みたいな顔で努力がどうとか言うけどさ、努力じゃどうしようもないことってあるやんか。麗奈ちゃんは恵まれてるから、努力さえすればなんとかなると思ってる。そういうとこ、ずるいと思う」

「ずるい？　アタシが？」

「うん。麗奈ちゃんはずっこい」

彼女の台詞は、幼い麗奈には衝撃だった。ずるいとか卑怯《ひきょう》とか、そういう言葉は自分には無縁のものだと思っていたから。

「ほかの人にないもんをいっぱい持ってるくせに、結果はぜんぶ自分の努力のおかげやと思ってる。麗奈ちゃんのそういうとこ、うちほんま嫌い！」

由佳はそう叫んで、そのまま逃げるように教室から出ていった。赤いランドセルが視界から消え去っても、麗奈はその場から動けなかった。あんなふうに嫌悪の感情をぶつけられたのは、麗奈にとって初めての経験だった。そこからどうやって家に帰ったかはよく覚えていない。気づいたら家の前に立っていて、麗奈は浮かない顔で玄関の扉を開いた。

「ただいま」

声をかけるが、返事はない。代わりに奥の廊下から返ってきたのは、管楽器の微かな音色だった。おそらく演奏室で父親が仕事をしているのだろう。邪魔しないように、麗奈はそのままリビングへと向かった。棚にランドセルを片づけ、ソファーへと座り込む。なんだか気分が憂鬱だった。心にぽっかりと穴が開いているような気がする。

「ずるい、か」

由佳の言葉を思い出し、麗奈は手のひらで顔を覆った。いつもなら帰ってすぐに宿題をするのだけれど、今日はとてもじゃないがそんな気分にはなれなかった。ソファーの上で体育座りをし、膝小僧に額をつける。ダンゴムシみたいに小さくなって、麗奈はただ母親が帰ってくるのを待った。

「麗奈？　どうしたんだ？」

不意に声をかけられ、麗奈は顔を上げた。見ると、楽器を手にした父親が、不思議そうな顔でこちらを見ていた。いつの間にリビングに入ってきたのだろう。その隣には、見知らぬお兄さんも立っている。もしかして、仕事関係の人かもしれない。麗奈は慌てて立ち上がると、ぺこりと頭を下げた。

「あ、高坂麗奈です」

その言葉に、お兄さんも慌てた様子で会釈した。

「滝と申します。よろしくお願いします」

滝と名乗るその人の手には、ピカピカのトロンボーンが握られていた。トロンボーン奏者なのだろうか。

二人のやり取りがおかしいのか、父親がクックッと喉を鳴らす。

「いつも来てる滝さんというおじさんがいるだろう？　あの人の息子さんだよ」

そのおじさんならば、麗奈にも心当たりがあった。よく家に来て、お父さんとお酒を飲んでいる人だ。目の前にいるお兄さんは、あのおじさんとはあまり似ていなかった。母親似なのかもしれない。

「で、どうしたんだ？　宿題もしないでそんなところで塞ぎ込んで」

父親の問いに、麗奈は思わず目を逸らした。

「ちょっと……友達と喧嘩して」

「そうか」

言葉を濁した麗奈に、父親はそれ以上追及してはこなかった。代わりに、彼はトランペットを掲げてみせる。

「よし！　そんな暗い気分のときは楽器を吹くに限るぞ。父さんたちと合わせるか？」

「いいの？」

父親の提案に、麗奈はぱっと顔を輝かせた。忙しい彼がレッスン以外で一緒に吹いてくれるなんて、滅多にないことだった。後ろでお兄さんがにこりと笑みを深くする。

「いいですね、娘さんと一緒に演奏できるだなんて」

「昇《のぼる》くんも父親とやってやりゃあよかったのに。透《とおる》のやつ、昔はよく俺に愚痴ってたよ。息子が懐いてくれないって」

「私もあのころは子供でしたから、吹奏楽ばかりで構ってくれない父が嫌だったんですよ。いま思うと、娘さんみたいに一緒に演奏すればよかったですね」

そう言って、お兄さんは過去を懐かしむように目を細めた。父親が愉快げに笑う。

「でも、結局吹奏楽部の指導を引き受けたんだろ？　それだけで充分親孝行さ」

「べつに、私は父のために引き受けたわけじゃないですけどね」

「あいつが勝手に喜んでるんだからそれでいいんだよ。それに、いまは縁もゆかりもない場所で指導をしているが、いつかは昇くんも透みたいに北宇治で指導することになるかもしれんしな」

「北宇治？　それって北宇治高校のこと？」

聞き慣れた単語に、麗奈は思わず会話に口を挟んでいた。何年か前に、北宇治高校のパレードを母親と見に行ったことがあった。幼稚園児だった麗奈の手を引きながら、母親が楽器について細かく解説してくれた。母親はいま麗奈が通っている小学校の出身で、中学も地元の北中に通っていた。そこで吹奏楽部に所属していたらしく、いろいろな場所で音楽を聞くたびに当時の部活の思い出を話してくれたのだった。その影響からか、麗奈は幼いころから吹奏楽部という部活に強い憧れを抱いていた。

「そういえば、麗奈は吹奏楽部に入りたがっていたな。北宇治に興味あるのか？」

そう言って、お父さんは麗奈の頭をぽんぽんと優しくなでた。

「うん。前見たときに、カッコよかったから」

「でも、いまは透が別の学校に移ってるからな。優秀な指導者を引っ張ってこないと、北宇治も前のようにはいかないだろう。まあ、本気で吹奏楽をやりたければ、昇くんみたいな指導者がいる学校に入るべきだな」

その言葉に、滝は照れたように頭を横に振った。

「私なんてまだまだですよ」

「謙遜《けんそん》しなくてもいいさ」

父親はそう言って、再び麗奈の頭をなでた。お父さんがここまで褒めるということは、このお兄さんはきっと相当優秀な人なのだろう。滝昇。紹介された名前を忘れないように、麗奈はその名を脳裏に焼きつける。

「よし、それじゃあ楽器の準備をしておいで。一緒に吹いてあげるから」

「うん、わかった」

父親の言葉に、麗奈は大きくうなずいた。

父親と一緒に演奏できる。そのことだけで麗奈の気持ちは弾んでいて、学校であった嫌な出来事などもはや忘れ去っていた。由佳の涙も、投げつけられた感情も、麗奈のなかではすでに切り捨てられた過去の一部となった。

十四　とある冬の日

「麗奈、一緒に帰ろ？」

「ちょっと待って、準備するから」

「わかった。じゃあ、音楽室前にいるね」

「了解」

窓から漏れる赤い光は、茶色を帯びた久美子の髪によく馴染んだ。女子にしてはやや大きめな手がひらりと振られ、その拍子にコートの袖口からほっそりとした手首がのぞく。久美子の動きに反応したように、彼女の視線の先にいた麗奈が少し照れたような笑みをこぼした。麗奈はそのまま踵《きびす》を返すと、楽器室へと向かっていく。おそらく、いまから楽譜ファイルを片づけに行くのだろう。黄前《おうまえ》久美子と高坂麗奈。今日も二人は仲がいい。

「……うらやましいんか？」

「うえっ」

唐突に声をかけられ、秀一は思わず身を仰《の》け反《ぞ》らした。声の方向に顔を向けると、後藤卓也がこちらを見ていた。やや太めの腕には、巨大な金管楽器——チューバが抱えられている。

「びっくりさせないでくださいよ」

秀一の台詞に、卓也は「すまん」と仏頂面のまま肩をすくめた。

「で、なんですか？」

「いや……お前があっち見てたから」

「あっち？」

「アイツらのこと」

そう言って、卓也が久美子のほうを指差した。いつの間に麗奈と合流したのか、二人は何やら楽しげに雑談しながら廊下を歩いていた。秀一は意味もなくそわそわする。こちらに気がついた久美子が、卓也に向かって小さく会釈した。

「先輩、お疲れ様でした」

「お疲れ」

卓也が短い言葉で応じる。その隣で、麗奈も「お疲れさまでした」と落ち着き払った声音で告げた。全国大会が終わり、三年生が引退した。秀一たちが先輩と呼べる存在は、もう二年生しかいなくなってしまった。そう考えると漠然とした感情が湧いてきて、秀一は卓也の顔をチラリと見やった。三年生がいなくなってからも、彼の朴訥《ぼくとつ》な性格は変わらなかった。騒いでいた人物がいなくなったせいなのか、あすかのいない低音のパート練習室は少しだけ静かになったかもしれない。

「あ、」

久美子が一瞬こちらを見る。彼女は不思議そうに卓也と秀一の顔を見合わせていたが、結局何も言わなかった。秀一はぎこちない動きで右手を上げる。

「おー、お疲れ」

「あ、うん。お疲れ」

久美子は平坦《へいたん》な声音でそう答えて、そのまま廊下をあとにした。麗奈がチラリと振り返り、なぜか得意げな表情をこちらに見せてくる。高坂のやつ、絶対俺のこと馬鹿にしてるだろ。心の声が口に出ていたのか、隣で卓也がため息をついた。

「相変わらずやな」

「な、何がですか？」

「いや、なんでも」

卓也は小さく首を横に振ると、そのまま教室を出ようとした。その大きな足が一歩踏み出そうとするのを、秀一は前に回り込むことでなんとか阻止する。

「先輩、待ってくださいよ」

「なんで」

「相談に乗ってほしいんです。先輩しか頼れる人おらへんし……」

視線を逸らしながらそう言えば、卓也は困ったように眉尻を下げた。やや太めの指が黒縁の眼鏡フレームを持ち上げる。

「あー……わかった。じゃあ、なかに梨子おるから。二人で話しといて」

「え、あ、はい」

「俺、楽器片づけるから」

卓也の言葉に、秀一は慌ててうなずいた。卓也はこちらの反応を確かめると、そのまま去っていってしまった。巨大な金色のベルが、緑色の廊下をまっすぐに照らし出している。一人残された秀一は、おそるおそるという具合に低音のパート練習室をのぞき込んだ。残っている部員はおらず、卓也の恋人である梨子だけが物憂げな表情で窓の外を眺めていた。

「あの、」

声をかけると、梨子は静かにこちらに視線を向けた。閉じられた唇がわずかに緩む。丸みを帯びたその輪郭が、薄暗い教室のなかで柔らかに浮かび上がった。梨子が首を傾げる。

「あれ、どうしたん?」

「いやあ、相談したいって言ったら、後藤先輩がここで待っとけって言わはって」

「ふふ、卓也君に相談? 珍しいなあ」

梨子はそう言って、自身の前にある席を指差した。座れということらしい。彼女の周りにはすでに楽器はなく、帰る準備は終わっているように見えた。卓也を待っているのだろうか。

「塚本君はあれやね、確か学年代表なんやったっけ？」

「あ、はい。この前の会議でそう決まって……でも、俺なんかがなっていいんかよくわからんくて」

「大丈夫大丈夫。部長の指示さえちゃんと聞いとけば問題ないと思うし」

「でも、新部長って吉川先輩ですよね？　上手くやれるか心配で」

二年生の吉川優子はよくも悪くも強烈な性格をしていた。思わず顔をしかめた秀一に、梨子はコロコロと可笑しそうに笑った。

「優子はああ見えていろんなとこに気ぃ遣うタイプやから、部長としてもちゃんとやってくれると思うよ」

まあ、香織先輩が絡むとちょっと暴走しちゃうねんけどな。梨子の台詞に、秀一も思わず苦笑した。窓の隙間から冷え込んだ夜の空気が吹き込んでくる。身を震わせた梨子を見兼ねて、秀一はとっさに窓を閉めた。

「あぁ、ありがとね」

「いえ」

梨子は照れたように礼を告げた。普段は周囲の女子から邪険にされているため、こんなふうに丁寧に接せられると背中辺りがなんだかむずむずする。それをごまかすように、秀一は意味もなく前髪を指で払った。なんというか、落ち着かない。

「相談って、久美子ちゃんの件？」

梨子が窓の外を眺めながら尋ねる。ガラスに反射した自身の顔がなんとも情けなかったものだから、それをごまかすように秀一は大きくうなずいた。

「あ、はい。そうです」

「告白するか悩んでるとか？」

「えっ」

なぜわかったのだろうか。図星を指され、秀一はギクリと身を強張らせる。ガラスに映った梨子が静かに視線をこちらに向けた。その口元は笑みの形にゆがんでいる。

「卓也君が私と話せって言うときは、だいたい恋愛絡みやから。本人はそういう話題苦手やしね」

「俺、先輩から言われたこと、なんも伝えてないですけど」

「ふふ、そんなん言われんでもわかるって」

これがカップルパワーか、と秀一は素直に感心した。梨子と卓也の二人が並ぶと、どことなく熟年夫婦のような落ち着いた雰囲気が漂っている。願わくは、この二人にはずっとこのままの関係でいてほしい。

梨子は一度目を伏せると、胸の前で手を組んだ。切りそろえられた爪の表面はほんの少しだけボコボコしている。

「でも、久美子ちゃんも春からいろいろと大変そうやしね」

「そうなんですよ。アイツ、新入生の指導係っすからね。本当にちゃんとやれるんだか」

「新三年生と二人で指導するわけやし、多分大丈夫やと思うよ？　それに久美子ちゃんって、意外と立ち回り上手いから」

「……先輩、他人のことよく見てますね」

「そう？　あんま自覚はないねんけどね」

梨子は小さく肩をすくめた。その視線が、まっすぐにこちらを射抜く。

「告白するの、怖い？」

唐突な問いかけに、秀一はぐっと息を呑んだ。梨子の表情は穏やかで、そこにからかいは微塵《みじん》も含まれていなかった。冬の空気が冷たくて、秀一はぶるりと身震いする。それでも、梨子は視線を外さなかった。観念したように、秀一はしぶしぶうなずく。

「まあ、怖いっすよ」

「幼馴染みやもんね」

「振られちゃったら終わりじゃないですか。それって、なんか嫌じゃありません？」

「でも、一緒にいられるのっていまの時期だけやで？」

その台詞に、秀一は唾を呑み込んだ。梨子は自身の手元へ視線を落とすと、ふっくらとした手のひらを重ね合わせた。落ちた影が机に伸びる。彼女は苦々しい笑みを浮かべると、まるで諭すように言葉を紡いだ。

「卒業したら、いまみたいな生活は送れへんわけでしょう？　いまが当たり前と思ってだらだら過ごしてたら、あとになって後悔するかもしれへんよ」

卒業。その単語に、秀一は静かに息を吐いた。

「先輩は……先輩は、後悔してることありますか？」

秀一の問いかけに、梨子は考え込むように自身の頬を手で押さえた。その双眸《そうぼう》が柔らかにゆがむ。

「そうやねぇ、もっと二人でいる時間を大事にしとけばよかったと思うときはあるかな。卓也くん、東京の学校行くし。そしたらこんなふうに毎日会うこともできんくなるしね」

「楽器の修理士になるための学校に行くんですよね。寂しくなりますね」

「まあ、来年の話やけどね」

そう言って、梨子は寂しげに微笑んだ。卒業か、と秀一は口のなかだけで小さくつぶやく。中学校を卒業したのは、ついこのあいだのことのような気がするのに。

高校生活はいつか終わる。

当たり前のことなのだけれど、梨子の台詞は秀一にその現実をひしひしと突きつけていた。

「……話、終わったか？」

野太い声が教室に響き、秀一はハッとして顔を上げた。見やると、スポーツバッグを肩にかけた卓也がこちらへと視線を投げかけていた。梨子が問うような瞳でこちらを見る。

「卓也くんにもこれから相談する？」

その質問に、秀一はゆっくりと首を横に振った。

「いえ……もう充分です。話聞いてもらっちゃって、ありがとうございます」

「私なんかで力になれたならいいんだけど」

「めっちゃなりましたよ、マジで」

「ふふ、それならよかった」

梨子はほっとしたように表情を和らげた。その傍らに、卓也が並ぶ。

「まあ、また困ったら、梨子が話聞くから」

「卓也くんも聞いてあげたらいいのに」

「俺は、そういうの向いてへんし」

卓也がそう言って肩をすくめる。梨子は口元を手で覆うと、クスクスとおかしそうに笑った。それに釣られるようにして、秀一も思わずへらりと笑う。

「先輩たちって、ほんま仲いいですよね」

その言葉に、二人はそろって赤面した。


帰宅すると、何やらひどく上機嫌な様子で母親がテレビドラマを見ていた。秀一が部屋に入るなり、彼女はぐるりとこちらに顔を向けた。

「帰ったんやったらちゃんと挨拶ぐらいしいな。なーんも言わへんから泥棒が入ってきたんかと思ったわ」

「……ただいま」

「もー、えらい声がちっさいんやから。男の子がそんなメソメソしたしゃべり方でどないすんのよ。そんなんやからアンタはモテへんのよ」

いきなり早口でまくし立てられ、秀一は無言で首をすくめた。彼女は基本的に人のいい性格をしているのだが、いかんせん口数が多すぎる。どうでもいい話を聞き流しながら、秀一は冷蔵庫から麦茶のボトルを取り出すと、一気にそれを飲み干した。そのあいだも、母親の話は続いている。

「そういえばアンタ、クリスマスどうすんの？　久美子ちゃんとはどうなってんのよ」

唐突に出された名前に、秀一は思わず咳き込んだ。動揺したこちらの反応を見てか、母親はニヤニヤとからかいの混じった眼差しを送ってくる。

「あいつは関係ないやろ、うっさいなぁ」

「母親に向かってなんちゅう口の聞き方なん。だいたいな、こういうのは男の子のほうから行ったほうが女の子は喜ぶもんやねん。母さんも若いころ、お父さんに記念日に突然プロポーズされて――」

「あー、はいはい。その話はもうええから。何度目やねん」

「なんで途中で止めんのよ」

「母さんの話ってやたらなげーし」

素直に告げると、母親は呆れたようにため息をついた。まったく、ため息をつきたいのはこちらのほうだ。空になったボトルをシンクへと置くと、秀一はぐっと伸びをした。

「念のため言っとくけど、久美子に会っても余計なこと言うなよ」

「あっらー、母さんが余計なこと言ったことなんてないやないの」

「その自覚ないところがこえーんだって」

秀一は眉間に皺を寄せた。彼女の噂好きな性分には、ついつい辟易《へきえき》してしまう。何がおかしいのか、母親は愉快そうにコロコロと喉を鳴らした。

「はいはい。そこまで言うんやったら黙っとくわ。反抗期なんやから」

「うっさい、反抗期関係ないわ」

秀一の反論も母親には他愛ない冗談に聞こえるようで、彼女は機嫌を悪くした様子もなくひらひらと手を振った。こういう大人な反応をされると、なんだか自分がガキみたいに思えるから嫌になる。秀一はソファーに置いたスポーツバッグを肩にかけると、そのまま自室へと向かった。

制服から部屋着へと着替え、秀一はベッドに座り込む。もうすっかり冬になったせいなのか、シーツの表面は冷たかった。卓上のカレンダーはすでに十二月のものとなっている。駅ビルで行われるクリスマスコンサート。それから、二月には定期演奏会もある。四月になれば新入生が入ってくるため、その指導も始まるだろう。ベッドへと横になると、秀一は意味もなく天井を見上げた。木目のゆがみを眺めていると、なんだか気分が重くなる。ごろりと寝返りを打つと、体重に耐え兼ねたのか、ベッドのスプリングがギシリとうめいた。

「あー」

だいたいの話、なぜ自分がこんなふうに悩まなければならないのか。脳天気に麗奈と笑う久美子の姿を思い出し、秀一は愚痴りたい気分になった。おそらく、久美子のほうはなんにも考えていないはずだ。あいつアホやし。と、本人に聞かれては怒られそうなことをぼんやりと思考する。机へと手を伸ばし、ティッシュを一枚つかむ。鼻をかみ、ゴミ箱へとそれを放り投げようとしてふと視線を移すと、プラスチック製のゴミ箱には必要のなくなった紙くずたちがぎゅうぎゅうに詰め込まれていた。

「めんどくせー」

そう愚痴りながら、秀一はゴミ箱の中身をぐいぐいと拳で圧縮した。早くゴミ袋へと移せばいいだけの話なのだけれど、なんとなく面倒で後回しにしてしまっているのだ。

「あー」

言葉にもならない声を漏らし、秀一は再びベッドへと転がった。何もしないでいると、先ほどの梨子の台詞が脳内に蘇ってくる。

――でも、一緒にいられるのっていまの時期だけやで？

そんなこと、秀一にだってわかっている。いまが永遠に続くわけがないことぐらい、いまさら教えられなくとも知っている。けどさあ、ともう一度言い訳めいた言葉を口にしかけたところで、机に置かれたケータイがぶるりと震えた。のそのそと身を起こして画面を見ると、久美子の名前が表示されている。しかも電話だ。

「あー、もしもし？」

通話ボタンを押すと、耳元でややくぐもった久美子の声が聞こえてきた。なぜだか緊張して、秀一は汗のにじむ手のひらを布団へと押しつけた。

「あ、秀一？　いま電話して大丈夫だった？」

「いや、まあ、大丈夫やけど」

「それならよかった。あのさ、いまから会える？」

「えっ！」

驚きすぎて声が裏返った。思わずベッドから立ち上がる。電話の向こう側にいる久美子が苦笑じみた反応を寄越した。

「いきなり大きい声出さないでよ」

「いや、びっくりしてさ。っていうか、なんでこんな時間に？」

「べつに大した用じゃないんだけどね。ただ、渡したいものがあるからさ」

「渡したいもの？」

思い当たる節がなく、秀一は首をひねった。

「部活関係のもん？」

「違うよ」

「じゃあなんやねん」

「それは……ま、会ったときに渡すから、いまは秘密で」

そう答える久美子の声は、いつもより少し高いような気もした。秘密という言葉に、秀一の心臓はドキリと跳ねる。期待すんなよ、と自身に言い聞かせ、秀一は軽く咳払いした。

「おっけー、わかった。とりあえず、家出るわ」

「うん。外で待ってるから」

「お、おう」

それじゃ、となんとも短い言葉で通話は切られた。黄前久美子。通話の画面には、アドレス帳に登録したとおりの名が浮かんでいる。渡したいものとはなんだろうか。そわそわする気持ちを抑え切れず、秀一は鏡の前に立った。ボサボサの髪の毛を整え、シャツの上に厚手のダウンジャケットを羽織る。十二月ということもあり、外の気温は室内と比べものにならないほど低い。手袋もしようかと考え、しかし面倒になって結局やめた。ケータイだけをジャケットのポケットに突っ込むと、秀一は早足で玄関へと向かう。

「どうしたん？　こんな時間に出かけるやなんて」

母親がリビングから顔を出す。こんな時間といってもまだ八時だ。壁にかかった時計を一瞥し、秀一はつま先をスニーカーへと突っ込みながら答える。

「ちょっと、友達と会ってくる」

「いつ帰ってくんの？」

「すぐ帰るし気にせんでいいから！」

　そう勢いよく告げて、秀一は玄関の扉を閉めた。吹き込んでくる風の冷たさに、秀一は無意識のうちに息を吐く。白い吐息の影が、自身の口元からゆるりと漏れた。

「早いね」

　声をかけられ。秀一は顔を上げた。見ると、コートを着込んだ久美子が扉の前に突っ立っていた。薄い布地のマフラーを首にぐるぐると巻いているせいで、その口元は完全に隠されている。冷気にさらされた鼻先だけが、寒さを訴えるかのように朱色に染まっていた。

「珍しいな、お前が呼び出すとか」

「そう？」

　そう言って、久美子はゆっくりと瞬きを繰り返した。普段は伸び放題の柔らかな彼女の髪も、今日は桃色のマフラーのなかに入り込んでしまっている。白いダッフルコートには見覚えがあった。普段学校に通う際に着ているものだ。

　寒いね。そう言って彼女は自身の手のひらをこすり合わせた。

「で、渡したいものって何？」

　単刀直入に本題を切り出せば、久美子はまるでとがめるような視線をこちらに向けた。

「ここじゃちょっと……誰かに聞かれるかもしれないし」

「あー、確かに」

こんなところで話していては、会話が家のなかまで聞こえるかもしれない。久美子と夜に二人で話しているとわかれば、好奇心旺盛な秀一の母親は必ず聞き耳を立てるだろう。それはちょっと、いろいろと恥ずかしい。

「じゃ、そこらへん歩く？　寒いけど」

「うん。そうだね」

そう言って、久美子はエレベーターのほうへと向かった。秀一も慌ててそのあとを追う。

「そろそろクリスマス演奏会だね」

エレベーターに乗り込み、久美子はぼそりとつぶやいた。彼女の指が、一階のボタンを強く押す。閉まっていく扉を眺めながら、そうやな、と秀一はうなずいた。

「三年生が引退してから、初めての演奏会やな」

「人数、少なくなっちゃったね」

「まあ、この時季はそういうもんやしな」

二月の定期演奏会は、三年生は自由参加となっている。受験で忙しい生徒は参加しないため、北宇治高校吹奏楽部がこれまでと同じメンバーで演奏できたのは、全国大会の本番が最後だった。入部した当初はなかなか練習に取り組まない三年生たちに苛々《いらいら》してばかりだったが、いまではそれも懐かしい思い出だ。全国大会の発表のあの瞬間。無言のまま静かに涙した先輩たちの横顔を思い出し、秀一は静かに目を伏せた。

エレベーターの扉が開く。一階に着いたのだ。隣にいた久美子は、音もなく外へと足を踏み出した。

「新しい部員、どれくらい入ってくると思う？」

久美子の声が、人気のない路上に響く。いくら観光地だといっても、やはり夜になると宇治川周辺も人通りは少なくなる。川沿いを二人で歩きながら、秀一は思案するように腕を組んだ。

「結構来るやろ、やっぱ。俺ら全国行ったわけやし」

「そうかなあ」

「吹奏楽のためにうちの高校選ぶやつとかもこれからは増えると思う。少なくとも、滝先生がおるあいだは」

「そうだよねえ」

なんだか煮え切らない反応だ。いったい何を考えているのか、彼女はうつむいたまま静かに足を動かす。少し離れた場所からは川の流れる音が聞こえ、ぽつぽつと並ぶ街灯からは、安っぽい白色の光が漏れている。

「今度は何を悩んでるわけ？」

この幼馴染みが悩みをため込むのはいつものことだった。秀一の問いに、久美子がゆっくりとこちらを見上げる。

「来年、ちゃんと指導できるかなーって心配でさ」

足を止め、彼女は静かに息を吐き出した。口元を覆い隠すマフラーがそよりと揺れる。それに釣られるように、秀一もまた足を止める。スニーカーの底が地面をこすり、耳障りな音を立てた。

「指導係って言っても一人やないし、先輩もおるから大丈夫やろ。長瀬先輩も言ってたで？　久美子は立ち回りうまいから大丈夫やって」

「梨子先輩と話したの？」

秀一の言葉に、久美子は意外そうな顔をした。こちらとしてはその部分に食いつかれると思っていなかったため、返事がワンテンポ遅れてしまった。

「あ、うん。後藤先輩に相談しようとしたら、なんか長瀬先輩に話聞いてもらうことになってさ」

「何を相談したの？」

「あー、それは……まあ、これからのこととか」

「ふうん」

久美子が探るような視線をこちらに送る。その瞳が不機嫌そうに細められたのを見て、秀一は慌てて話題を変えた。

「で、渡したいもんって何？」

「あぁ、忘れてた」

思い出したように、久美子がコートのポケットをごそごそと探る。その指先が、青色の小さな包みを取り出した。彼女は状態を確認するかのように手のなかでその包みをもてあそび、それから秀一のほうへと突き出した。彼女の勢いに押されながらも、秀一は遠慮がちにそれを受け取る。包みは軽く、その中身は予想できなかった。

「何これ？」

「この前のお礼」

「この前？」

首をひねる秀一に、久美子はなぜか顔を赤らめて答えた。

「ヘアピンくれたでしょ？　本番の日に」

これだよ。そう言って、彼女はポケットから大切そうにヘアピンを取り出した。その先端には、白い花びらが特徴的な小ぶりのひまわりが装飾としてつけられている。この花はイタリアンホワイトという種類のひまわりらしく、なんでもプロポーズの際に滝が妻へと贈ったものだそうだ。プレゼントとして渡したときにはそんな知識などまったくなかったものだから、久美子の台詞に少々慌ててしまった。いま思えば、あのときに告白しておけばよかった。あすか先輩が邪魔しなければ……と、内心で独りごちながら、秀一は久美子の手のなかにあるヘアピンへと視線を移した。

「なんで持ってるのにつけへんの？」

　こちらの問いに、久美子が唇をとがらせる。

「……つけようと思ったけど、なんか恥ずかしくて」

「何が？」

「だって、私にはちょっと可愛すぎない？　学校につけていこうかとも思ったんだけど、鏡見たら恥ずかしくなっちゃって」

「えーっ、気に入ったって言ってたやん」

というか、いままでつけていなかったのか。せっかくあげたのに。こちらの不満が表情に表れていたのか、久美子が慌てたように釈明した。

「いや、これ自体は可愛いと思うんだよ？　けど、それをつけてる自分が――」

「ああ、もう。俺がつけたるからちょっと貸せや」

「えっ」

　彼女の言葉を遮り、秀一は久美子の手からヘアピンを抜き取った。指を伸ばし、そろりと彼女の前髪を右へと流す。指の腹が久美子の皮膚に触れた。指が目に入ると思ったのだろうか。久美子は驚いたように目を見開き、それがらぎゅっとつぶった。寒さのせいか、その頬がじわじわと朱に染まっていく。

しん、と辺りに静寂が満ちた。秀一は唐突にこの場から逃げ出したくなった。いまさらながら二人の距離の近さが意識されて、秀一は唐突にこの場から逃げ出したくなった。っていうか、何やってんだ俺！　視線を下げると、久美子が目を閉じたままその場で固まっている。緊張しているのか、彼女の指は自身のコートを握り締めていた。皺の寄った布地を一瞥し、秀一は静かに息を吐き出した。指先の震えを押し込め、柔らかな髪にピンを通す。外気にさらされた額は白く、なぜだか心臓がざわついた。早くなる鼓動を抑え込むように、秀一はもう一度息を吐き出す。髪から指を離すと、閉じられていた彼女の瞼がゆるりと持ち上がった。瞳のなかに、動揺した自身の顔が映る。久美子はマフラーを巻き直すと、恥ずかしそうに前髪を指先でいじくった。

「……どう？」

問われ、秀一は目を逸らしながら答える。

「似合ってる」

「ほんとに？」

「うん」

そっか、と久美子が噛み締めるようにつぶやく。その柔らかな表情に、秀一は自身の心臓がドッと跳ねるのを感じた。体中の熱が顔へと集まっている気がする。それをごまかすように、秀一は久美子から受け取った包みの封を切った。とにかく話題を変えたかったのだ。もう開けるの？　と久美子が隣で苦笑した。

「おお、すげえ」

小さな箱に入っていたのは、ミニチュアのトロンボーンだった。全長は五センチほどで、精巧な作りをしている。ストラップだよ、と久美子が告げた。

「可愛かったから買ったの」

「いまつけるわ」

「え、いま？」

久美子が驚いたように目を瞬かせる。秀一は真剣な面持ちで黒い紐《ひも》の先端をケータイの穴部分に押し込んだ。こういう細かな作業は得意だ。無事に装着できたのを確認し、自慢するように久美子の前へと掲げてみせる。彼女は少し呆れたようだった。

「よくこんなとこでつけられたね、暗いのに」

「こんなん一発やわ。っていうか、お前も買ったん？　このシリーズ」

「買ったけど、チューバのやつだよ。ユーフォは売ってなかったから」

「あー……マイナーやしな」

「そうなんだよねぇ」

そう言いながら、久美子もポケットからケータイを取り出した。そこには確かにピストン型のチューバのストラップがぶら下がっていた。まあ、大きさが違うだけでユーフォもチューバも似たようなものだろう。そんなことを言ったら、それぞれの楽器の担当者に怒られてしまうかもしれないが。

「まあでも、喜んでもらえてほっとしたよ」

久美子がはにかむような笑みを見せる。なんだか照れくさくなって、秀一は頭をかいた。

「これ渡すために呼び出したん？」

「うん、そうだけど？」

「あ、そうなんや」

ケータイをポケットへとしまい込み、秀一は手のひらに浮かぶ汗をジャケットへとこすりつけた。目的を達成して満足したのか、久美子がぐっと両腕を伸ばす。

「じゃ、そろそろ帰ろうか」

「えっ、もう？」

街灯に照れされ、ヘアピンがきらりと光る。こちらの問いに、久美子は不思議そうに首を傾げた。

「うん？　なんかほかに用事あるの？」

「い、いや、用事があるというか……」

言葉を濁した秀一に、久美子がまっすぐな視線を送る。周囲に人の気配はない。静まり返った空間に、二人の声はやけに響いていた。吹きつける冷風が秀一の頬をかすめていく。コートの袖口から、久美子のほっそりとした手首がのぞいた。

——でも、一緒にいられるのっていまの時期だけやで？

梨子の声音が脳内でリフレインする。ゴクリと、無意識のうちに喉が鳴った。伸ばした手が、久美子の手首をつかむ。その細さに、なぜだか心臓がざわめいた。

「どうしたの？」

こちらの意図をつかもうとしているのか、久美子が秀一の顔を見上げる。

「俺さ、」

言葉が喉に張りつく。何？　と久美子がかすれるような声で尋ねた。その唇から白い息が漏れる。

「俺、」

皮膚を通じて、ドクドクと彼女の手首が脈打っているのを感じる。久美子は緊張した面持ちで、こちらの言葉を待っていた。白い花びらが視界に入る。ヘアピンについた、小ぶりのひまわり。高ぶる気持ちを抑えようと、秀一は一度大きく息を吸い込む。呼吸の音が、自身の鼓膜を震わせた。

「好きやねんけど」

久美子が息を呑む気配がした。沈黙の染み込んだ夜の空気が、秀一の肩へとずしりとのしかかる。暑かった。冬だというのに、薄い皮膚の下に熱が集中している。久美子の双眸が、光を受けて揺らめいた。その睫毛がぱちぱちと上下する。

「……誰を?」

問われた言葉に、手首をつかむ力が強まる。秀一は久美子の顔をのぞき込むと、目を逸らさないまま叫んだ。

「お前を!」

半ばやけくそだった。自分で言っていて恥ずかしくなって、秀一は自身の口元を手の甲で乱暴に拭った。クソ、と無意識のうちに悪態が漏れる。つかんでいた手を離すと、久美子は表情を隠すように自分の顔を両手で覆った。そのままフラフラと、彼女はその場にしゃがみ込む。予想外の反応に、秀一は慌てた。

「え、大丈夫かよ」

こちらの言葉に、久美子は小さく首を縦に振った。髪からのぞく耳は、熟したトマトみたいに赤い。

「ちょっと、心臓がドキドキしてて」

そう言って、彼女は力なく笑った。その頬は赤く、多分、秀一の顔と同じ色をしていた。立てるか？　秀一の問いかけに、久美子はコクリとうなずいた。

「ほら、」

手を差し出すと、彼女はおずおずとこちらの手をつかんだ。秀一とは違い、久美子の手は温かかった。

「優しいね、今日は」

「いやいや、俺はいつでも優しいやろ」

「よく言うよ」

そう笑って、彼女はつかんだままの手へと視線を落とした。他人の手を見て、いったい何がおもしろいのか。なんだか気恥ずかしくて、秀一は小さく身じろぎした。

久美子が口を開く。

「手、冷たいね。寒い？」

「いや、べつに」

「あ、貸してあげるよ。マフラー」

「は？」

「いいからいいから」

そう言って、久美子は自身の首に巻きつけていたマフラーを外した。薄桃色の、女もののマフラー。こんなの、男子高校生が身につけるようなもんじゃない。そう思ったが、差し出された好意を断ることもできず、秀一はしぶしぶそれを首に巻いた。久美子の体温が残っているせいか、肌に触れた布地は少し生温かかった。

「似合ってる」

可笑しそうに、彼女は笑った。その手が、不意に秀一の肩へと伸びる。ぐっと力を込められ、秀一は思わず久美子のほうへと身体を傾けた。久美子の踵が持ち上がるのが、視界へ飛び込んでくる。彼女は背伸びすると、秀一の耳元へとその手を添えた。唇が近づいてきて、秀一はその場に硬直する。心臓が、ひと際高く飛び跳ねた。至近距離にある彼女の存在を、意識しないほうが難しかった。

右耳に、久美子の声が吹き込まれる。声の混じった吐息が、秀一の耳をくすぐった。シャンプーの甘い香りが鼻先をかすめていく。硬直していた秀一の耳にも、その言葉は確かに届いた。

「私も、秀一のこと好きだよ」

本書は、宝島社特設サイト「響け! ユーフォニアム　北宇治高校吹奏楽部へようこそ」内の「北宇治吹部だより」に、書き下ろしを加えて加筆修正したものです。

この物語はフィクションです。もし同一の名称があった場合も、実在する人物、団体とは一切関係ありません。

武田綾乃（たけだ·あやの）

1992年、京都府生まれ。京都府在住。
現在は京都府内の大学に通う大学生。
2013年、第８回日本ラブストーリー大賞 隠し玉作品『今日、きみと息をする。』でデビュー。他の著書に『響け！ ユーフォニアム　北宇治高校吹奏楽部へようこそ』『響け！ ユーフォニアム２　北宇治高校吹奏楽部のいちばん熱い夏』『響け！ ユーフォニアム３　北宇治高校吹奏楽部、最大の危機』（以上、宝島社文庫）がある。

宝島社
文庫

響け！ ユーフォニアム
北宇治高校吹奏楽部のヒミツの話
（ひびけ！ ゆーふぉにあむ　きたうじこうこうすいそうがくぶのひみつのはなし）

2015年６月８日　第１刷発行
2015年８月10日　第４刷発行

著　者　武田綾乃
発行人　蓮見清一
発行所　株式会社 宝島社
〒102-8388　東京都千代田区一番町25番地
電話：営業 03（3234）4621 ／編集 03（3239）0599
http://tkj.jp
振替：00170-1-170829（株）宝島社
印刷・製本　株式会社廣済堂

ISBN978-4-8002-4119-1